谁能忘记乔叶笔下那些满怀热情的人和生活呢，从她的作品里，我们感受到人之所以为人，生活之所以为生活的秘密。

文学评论家　张莉

头条故事

乔叶——著

济南出版社

图书在版编目（CIP）数据

头条故事 / 乔叶著 . -- 济南：济南出版社，2024.1
（文学新势力 . 第二辑）
ISBN 978-7-5488-6079-2

Ⅰ . ①头… Ⅱ . ①乔… Ⅲ . ①中篇小说—小说集—中国—当代②短篇小说—小说集—中国—当代 Ⅳ . ① I247.7

中国国家版本馆 CIP 数据核字 (2024) 第 033056 号

头条故事
TOUTIAO GUSHI
乔叶 著

出 版 人 谢金岭
责任编辑 姜天一
装帧设计 焦萍萍 刘梦诗

出版发行 济南出版社
地 址 山东省济南市二环南路 1 号（250002）
总 编 室 0531-86131715
印 刷 济南新先锋彩印有限公司
版 次 2024 年 1 月第 1 版
印 次 2024 年 2 月第 1 次印刷
开 本 145mm × 210mm 32 开
印 张 8
字 数 172 千字
书 号 ISBN 978-7-5488-6079-2
定 价 39.80 元

如有印装质量问题 请与出版社出版部联系调换
电话：0531-86131736

总 序

张清华　邱华栋

2012 年 10 月，莫言荣膺诺贝尔文学奖，再度激发了国人的文学激情，也唤醒了高校在文学教育方面的旧梦，其中就包括北京师范大学。因为一段至关重要的学缘，莫言曾于 1991 年获得了北师大授予的文学硕士学位，而此刻，作为母校的师大自然倍感荣耀，遂立刻决定成立北京师范大学国际写作中心，并邀请莫言前来担任主任。中心成立之初，其核心职能——文学教育和创作人才的培养便被提上了议事日程。

需要稍加追溯前缘，才能说明这套文丛的来历。1988 年，由当时在研究生院任职的童庆炳教授牵头，由北京师范大学提供学制条件，牵手中国作家协会直属的鲁迅文学院，共同招收了首届作家研究生班学员。那时的学位制度还相对处于比较早期的阶段，各种规章还没有现在这样严苛和完善，所以运作相对容易，招生考试环节也相对宽松。由此，一批在文坛已崭露头角的青年作家，便被不拘一格，悉数收罗。之前，他们中的很多人——除刘震云作为北京大学中文系77级的本科毕业生外——并未受过太正规的教育，他几乎是唯一一个出自正宗名门。余华只是在浙江海盐上过中学；莫言之前虽有两年解放军艺术学院文学系的学习经历，但更早先却是连中学教育未受完整；严歌苓、迟子建等差不多都只是受过中等专业教育。其他人我们未做过严格的统计，但可以肯定，其中大多数未曾上过大学。然而不容置疑的是，这些人是那时中国文学最具希望的一批，是青年作家中的翘楚，是未来文坛的半壁江山。从这里出发，二十年过后，他们的确未负众望，为中国文学争得了至高荣誉，也几乎成为一代作家的代言人。

很显然，这成为北师大和鲁迅文学院一个共同的记忆，一笔不可多得的财富，无论从哪个角度看，他们都是两所学校引以为豪的历史。在这样一个背景下，重拾昔日文学教育的前缘，找回这一无双的荣耀，也就是很自然的事情了。

因了以上的缘由，2016年，北师大校方经过认真研究，参考过去的合作模式，从全校不多的单招单考的硕士名额中拿出了20个，交由文学院和国际写作中心，来寻求与鲁迅文学院合作，并在中国作家协会的大力支持下，于2017年秋季正式招收了“非全日制”学术型文学创作硕士研究生。为了省却过于烦琐的学科规制，我们在“中国现当代文学”专业的二级学科下，设立了“文学创作方向”，并采用了“学术导师”加“创作导师”联合授课的培养模式，以给学员创造更为合适和充分的学习条件。鲁迅文学院则为他们提供居住和学习的物质条件，以及日常的管理，并拟在培养方案中结合鲁院的讲座制培养模式，两相结合，尽显特色互补的优势。

同时还必须指出，有几位至关重要的人物支持了这项事业：时任北师大的校领导，特别是董奇校长，对推助写作中心的文学教育工作给予了大力支持，在制定相关体制机制方面也给予了诸多指导。晚年在病中的童庆炳教授，多次勉励我们，要传承好过去的经验，大胆探索，争取把工作尽早落到实处。中国作家协会，作协党组，特别是铁凝主席，也给予了热诚关怀，时任书记处书记、分管鲁迅文学院工作的吉狄马加同志，则在工作中给予了非常具体的关心和指导。

参与该项工作，制定合作规划、培养方案、课程体系，以及日常服务管理等诸项事务的，便是本文的两位作者：时任鲁迅文学院常务副院长的邱华栋和北师大文学院负责研究生教育的副院长兼国际写作中心执行主任张清华。整个过程中，要想实现两个职能完全不同的单位之间的密切合作，在所有培养工作的环节上都无缝对接，是一个至为琐细的工作，难以尽述。好在这不是一个“工作汇报”，我们在此也就从略了。主要想说明的是，两校之间目前的合作进行得非常顺利，一切都在愿景之中。

迄今为止，该方向的研究生已经招收了三届，共56人。从总体情况看，达到了预期的要求。在学员中，有鲁迅文学奖获得者乔叶、鲁敏，有多位全国少数民族文学奖获得者，有“70后”“80后”广有影响的青年作家，像东紫、杨遥、朱山坡、林森、马笑泉、高满航、闫文盛、曹谁、曾剑、王小王，等等，他们在文学创作上都已经有了相当出众的成绩，或是十分丰富的经验，然而他们共同的诉求，又都是对“充电”的渴望，有成为大家的梦想，所以因了冥冥中某种命运的感召，汇聚到了一起。

关于文学教育，历来也是分歧明显众说不一的。有人坚称“大学不培养作家”，这话在一定程度上是对的。大学的使命很多，成败的确不在乎是否出产了一两个作家。但这话的“潜台词”值得商榷——其意思是有偏见的或轻蔑的，是说“你培养不了作家”，“作家不是谁都能培养出来的”。这当然也对，没有哪个大学敢说自己“培养”了几个作家，而只能说，他们那儿“走出了”哪些作家和诗人。但这么说是否意味着文学教育的无必要呢？似乎也不能。因为按照上述逻辑，我们也可以反问，大学不能培养作家，难道就可以“培养”经济学家、政治家、科学家和法学家吗？谁又敢说他们“培养”了那些伟大和杰出的人物呢？

很显然，各行各业的杰出人才，都是很难通过“订制”来培养的。但从另一方面说，大学又必须为人才提供成长和受教育的条件，从这个角度看，宣称大学“不培养作家”又是不负责任的。回顾当代文学的历史，文学的变革和作家的成长，与大学教育的恢复和发展密切相关。“文革”及“文革”前大学教育的草创和荒芜时期，也出现过许多作家，但他们要么是从战争年代的洗礼中锻炼出来的，要么是在长期的自学中成长起来的。因为没有条件受到良好的教育，他们的文学道路多舛，艺术成长和成就也都受到了限制，这是人所共知的常识。正是“文革”后教育的全面恢复与发展，才使得文学事业出现了人才辈出蓬勃兴旺的局面。

所以，正确的理解应该是，作家是无法培养的，但文学教育是必需的。当然，文学教育对于高校而言，其目标确乎主要不是“培养作家”，而是为所有学生提供一个素质养成的环境条件，这才是成立国际写作中心、引进著名作家执教的核心意义所在。换句话说，能不能出产一两个作家或许不是最重要的，其培养的人才是否具备写作的能力，能否成为文学的内行才是重要的。传统的文学教育虽然有各种各样的问题，但是所培养的读书人大都是既能够研究，又可以写作的双料人才。新文学的早期，大学的文学教授也多是学者和作家两种身份集于一身的，之后才逐渐文脉不彰，大师不存，大学教育渐趋沦为了工具化和技术化的知识教育。

但无论如何，北师大与鲁院联办班的这一培养模式，其目标还是直接而干脆的，就是“培养作家”。当然，这培养不是从“育种”开始的，而是“选苗”和“移栽”的过程，甚至有的就属于“摘果子”。即便是后者也不是无意义的，当年莫言、余华、刘震云、迟子建等人，早在进来之前就是声名鹊起的青年作家了，录取他们无疑也是“摘果子”，但系统的阅读与学习，大学综合环境下的熏陶成长，谁敢说对于他们后来的写作没有助益？所以，我们坚信这一工作是有意义的。

最后再来说说这批作为“文学新势力”的新人。显然，他们大多属于“80后”至“90后”的一代，较之他们的前辈，这批新人的主要差异在于代际经验的不同。前代作家的成长期大都经历过历史的大波大澜，童年也大都有原初和完整的乡村生活经验，所以某种程度上还是受到“总体性经验”支配和支持的一代作家。莫言笔下的“高密东北乡”，可以说寄寓了他对于农业社会生存的全部感受和想象，也寄寓了他对于现当代中国历史巨变的全部记忆与理解，读之如读一部血火相生、正邪相伴、生死轮替、魔道互换的史诗。这种具有总体性和原生性的经验与美学，在下一代作家这里早已变得不可能，他们都命定地处在某种“晚生”和“后辈”的自我想象之中，不得不在碎片化、个体化的历史经验与记忆中探索前行。

这些都并非新鲜的话题，只是重复了前人既成的说法。但这也是所谓“新势力”的根基与合法条件，“新”在哪里，又何以成为“势力”，这是需要我们想清楚的。在我们看来，所谓“新势力”其实就是指：一是有新的文化特质的，他们在文化上所拥有的“新人”特色或许很难用一两句话说清，但一定是更具有个性、自主性和独立思考的一代，是拥有新知和新的经验方式的一代，是用新的思维与视角看待人生与世界的一代，是在网络信息时代生存和写作的一代；二是有新的美学属性的，这些属性自然更难以总体性的概括来描述，但毫无疑问他们是具有陌生感的一族，是难以用传统范型所涵盖和统摄的一族，是游走和不确定的一族，是空间化和个体性得以充分彰显的一族，当然，也是相对琐屑和相对真实，相对平和和相对日常性的一族。有时我们觉得是这样满足，但有时我们又会觉得，他们离着理想的文学，离所谓普世的“世界文学”的距离越来越近了。

旁观者说一千句，不及读者自己去观照、去体味其中的丰富和微妙。“总体性”之不存，我们的概括也自然显得苍白无力，不如读者们自己去一一打量和细细辨识。

看，这就是“文学新势力”，他们来了。

“文学新势力”第二辑 出版说明

“文学新势力”第一辑于2020年初出版之后，引发了各界非常强烈的反响，也激发了文学创作专业的学子们更加高涨的创作热情。不只非全日制的“鲁院班”——北师大与鲁迅文学院合作招收的文学创作研究生班的同学，连全日制和其他专业的学生也纷纷发来他们的作品，希望能够加入这套文丛的后续出版。基于此，我们在当年，也就是2020年的下半年，又遴选了近二十部作品，经过专家与编辑的几轮精选，最终确定了第二辑的这十二部作品。但因为疫情等因素的影响，该辑的出版工作也一再延宕。现在终于面世，标志着我们的文学教育又有了新成果。

需要说明的是，本辑作品的构成，在文类上实现了多样性的变化。第一辑完全由中短篇小说集构成，而这一辑中，则有了超侠的科幻小说集、舒辉波的儿童文学作品集，有了闫文盛、向迅、曹谁等人的散文随笔集，同时也不再仅限于“鲁院班”学员，增加了毕业于全日制文学创作班的新锐青年作家，如目前工作于鲁迅文学院的崔君的小说集。从文类上说，该辑作品除了诗歌缺位以外，确乎显得丰富了许多。

另外，还须在此特别说明的是，截至该文丛出版之时，北师大与鲁迅文学院合作招收研究生的工作又延展了四年，至 2023 年，已招收了七届学员。负责鲁迅文学院工作的领导，也调整为吴义勤书记和徐可常务副院长；北师大文学院的领导以及研究生培养工作的负责人也发生了变更，所以本辑的编委会也做了相应的调整。

特别鸣谢中国作家协会张宏森书记，以及李敬泽、吴义勤副主席等领导的大力支持，也感谢北师大校领导以及文学院的大力支持；特别鸣谢济南出版社领导的鼎力托举。各方力量的凝结汇聚，才共同促成了此番盛举，为新一代青年学子和青年作家的成长营造了更好的环境。

2023 年 12 月

自　序

在这故事世界

乔　叶

据说，小说就是讲故事。

1993 年，我起手写散文的时候，就开始在散文里写故事，而且有很多不是真实的故事，是虚构的故事。我那时太年轻，不知道这是散文的大忌，不过幸好我也没有准备在纯文学刊物发东西，能接纳我的都是一些发行量巨大的社会期刊，以某些标准看，他们不懂文学。

都是些什么故事呢？想来也无非类似于《一块砖和幸福》的那种款式：一对夫妻因为一件很小的事情离了婚，吃完了离婚饭，从饭店出来，路过一片水洼，女人过不去，男人捡起一块砖头给女人垫在了脚下，女人走一步，男人就垫一步，走着垫着，两个人便都意识到了彼此的错误："一块砖，垫在脚下，不要敲到头上。有时候，幸福就是这么简单。"

那时候，我的故事也就是这么简单。“一个故事引出一个哲理”，许多评论家都这么说我那时候的写作，也就是说，二十出头的我是通过讲故事来总结所谓的哲理。这个过程让我认识到，故事真是一个好东西，大家都爱它。

三十年过去，现在，我依然在写故事。从《取暖》到《月牙泉》，从《打火机》到《最慢的是活着》，从《拆楼记》《认罪书》《藏珠记》到最近的《宝水》，短篇中篇长篇小说，短的中的长的故事……只是再也不敢用“一个故事引出一个哲理”。我已经渐渐知道：那么清晰、澄澈、简单、透明的，不是好故事。好故事常常是暧昧、繁杂、丰茂、多义的，是一个混沌的王国。

常听到有人把生活里的故事和小说里的故事相提并论。毋庸置疑，单论故事，生活里的故事肯定比小说里的故事要传奇得多，新鲜得多，热辣得多。简直可以说，现实世界里，生活就是故事的大海，小说只是故事小小的旋涡，相较而言似乎毫无存在的必要。但是，依我浅见，生活里的故事和小说家的故事有太多本质的不同。理由嘛，简述如下：

如果说前者是原生态的花朵，那么后者就是画布上的油彩。

如果说前者是大自然的天籁，那么后者就是琴弦上的音乐。

如果说前者的姿态是向前，向前，再向前，那么后者就是向后，向后，再向后。

如果说前者的长势是向上，向上，再向上，那么后者就是向下，向下，再向下。

如果说前者的嗜好是大些，大些，再大些，那么后者就是小些，小些，再小些。

如果说前者指着大地说：我的实是多么实啊，就像这一栋栋盖在地上的房子。那么后者就会指着自己的胸膛说：我的实是另外一种实，就像扎在心脏上的尖刀。

如果说前者的声音是：是这样的，不是那样的！那么后者的声音就是：可能不是这样的，可能是那样的，还有另外一些可能……

当然，所有后者都有一个前提：这个小说家，是一个响当当的小说家。

也听到过太多人感叹说，在这个人们的业余兴味被多种时尚元素掌控的时代，文学已被边缘化，写作者已被边缘化……听得我耳朵都起了茧子。我真心觉得——这话说出来会挨骂——被边缘化挺好。反正每当我走在无论是哪个城市的大街上，没有一个人认出我，我被湮没在人群中，自由自在地行走，宛如鱼翔浅底，想吃什么就吃什么，想看什么就看什么，每当这个时候，我就无比热爱边缘化。要那么中心化做什么呢？事实上，这个世界有公认的唯一的真正的中心吗？如果真有那么一个中心的话，那该是这世界最荒唐的故事了吧。

——生活在这个故事世界，把这世界上的故事细细甄别，然后把它们改头换面，让它们进入小说的内部崭新成活，茁壮成长，再造出一个独立世界，我觉得这就是小说写作的乐趣，也是文学生活的活法。

这活法真好。我深信：有人在，就有文学在。有文学在，就有这活法在。它的福泽很绵长，甚至会万寿无疆。

目　录

最后的爆米花

一

一看到那个做爆米花的老头儿把摊子扎在了自己的窗口边，老常就把眉头拧成了三根刺。在老常眼里，他这个窗口可不是普通的窗口，是马六甲海峡，是英吉利海峡，是白令海峡，是直布罗陀海峡，是自家连接到外界的一个黄金通道。现在，这个脏兮兮的老头儿把爆米花的摊子扎在自己的黄金通道边儿上，虽说还隔着几米远，却也是明摆着会妨碍到自己的生意。

不过老常没有即时发言。说到底这个巷子口又不是他的地。他得看看情况再定。

巷子口是喇叭形的，左口敞得更宽些。老常家这栋楼的左侧就是巷子，退休了之后没事做，他就在左边那间小卧室的左墙上打了个窗户，装了个塑钢推拉玻璃窗，开了一个小卖部。也没有什么大货物，无非是油盐酱醋，香烟糖果，再装部公用电话。原想着风不吹雨不淋又省了房租，无论挣多挣少，只要能用这个来打发打发日子，也让日子打发打发自己，也就是了。没想到算下账来，从黎明到黄昏，一日里居然能宽宽松松地赚个二三十块。

很可观。果真是财从细来呢。

老头儿把三轮车上的东西一一取下，放在了老常的眼皮底儿：一个炭炉子，一个风箱，一个大号的塑料水杯，一大一小两个红色的塑料盆，一个小马扎，一个中间鼓两头尖的带着手柄的黑转锅，一个上边是黑铁桶下边是黑麻袋的物事，外加一个银光闪闪的大方白铁盒……琳琅满目。后几样东西初看起来都是有些怪异的，不过老常对它们的用处可是知道得一清二楚。黑转锅是爆米花的主要“武器”，黑麻袋是爆米花刚出锅时盛放的用具，大方铁盒嘛，是用来做大米糕的。

说话间老头儿已经在墙上敲了个钉子，把一张纸片挂在了墙上：

爆玉米花　每锅需用两斤半玉米　工价三元

做大米糕　每锅需用两斤半大米、一斤半白糖、半斤油

工价六元

老常敲了敲窗户，冲老头儿招了招手。老头儿慢悠悠地走过来。老常问他，谁让他在这里摆摊儿的，有没有跟居委会说，有没有跟城管上说，有没有跟工商上说，有没有跟税务上说。似乎他是居委会、城管、工商和税务的代言人。老头儿一个字都没吱声，等老常嗵嗵嗵说完了，他从口袋里摸出十块钱，打窗户递了进去。老常咽了一口唾沫，接了钱道：“要什么?”

“你多照应。”老头儿说。口音和老常推断的一样，不是本地人。

"什么?"

"你多照应。"

老常明白了。看了看钱，有些不忍，又递回去："其实，也不是钱的事。"

"我一周就来一次。"老头儿又说了一遍那四个字，"你多照应。"

老常沉默了一会儿，把那十块钱收了起来。老头儿转身离开，坐在马扎上，拔开了炭炉的塞子，开始忙活起来。

二

老头儿不胖不瘦，不高不矮，穿着深蓝色的中山装，深蓝色的裤子，头上戴着一顶深蓝色的呢子干部帽。大约是常年在炭炉边的原因，他的脸看着总像是洗不干净的样子，浮着些黑黑的煤灰。偶尔他把帽子摘下来掸灰的时候，人们就会发现，这其实是个眉眼很周正的老头儿。不过因为很周正，也就没什么特色了。让人看过了就会忘记他长的什么样子，反不如丑些的人让人过目难忘。

或许是因为新鲜，摊子一开张就引来了很多看客，看客多了，主顾就多了。看到已经有四五个主顾了，老头儿就从一个黑包里掏出一摞硬纸，上面写着号码。老头儿把纸片一一发了出去，让他们按着号来。众人拿着这些纸片都笑了，说老头儿还挺讲秩序的。老头儿没说话。

顾客十有八九都是做大米糕的。转锅是高压转锅。老头儿把大米装进转锅里，拧紧盖子，就开始一手拉风箱，一手摇转锅。

他拉啊拉，摇啊摇，一边拉摇一边看着手柄上的气压表，一般快到十分钟的样子，气压就足了，老头儿就不慌不忙地站起来，把烧得肚皮白亮的转锅从炭炉上取下，锅口对准上铁桶下麻袋的那件黑物事——这时候就知道麻袋上面是铁桶的用处了：只有这么厚的铁皮才能耐得住转锅的高温啊。对准了铁桶，老头儿就用一根铁撬杠稳稳地插进锅口的阀门开关上，身子微微后倾，静一静，聚聚神，然后突然用力一揣。

轰！

一声震响，黑麻袋便在这一瞬间被气浪充起，鼓囊囊，饱胀胀。与此同时，老头儿的脚下腾起一阵白云般的缭绕气雾，一股浓烈的芳香便在空气中弥漫开来。

在芳香里，老头儿迅速解开麻袋尾部的绳子，把米花倒进大红塑料盆中。接着他在炭炉上坐上一个小铁锅，把油倒进去，又把糖放进去，开始熬糖稀。等熬得糖稀泛着白沫滚滚热的时候，他就把糖稀倒进红塑料盆里，和大米花搅拌起来，搅拌匀了，就把这些又软又热的混合品倒进那个大方白铁盒子里。然后，他拿出一个大大的带手柄的木片，把大米花在白铁盒子里一一压瓷实。这就成了大米糕，下面的事情就是等大米糕在铁盒里冷却坚硬之后，再用刀子把定型了的大米花一一割成小块，给主顾装进黑色的塑料袋里。这一锅才算彻底清工。

在给主顾装袋之前，老头儿都要从中拣出两块，放进小红塑料盆里。塑料盆的前面写着四个字：免费品尝。

老头儿在众人的目光中一五一十地进行着这一切程序。等待着的主顾们有些无聊，就会说起往日的爆米花。都是在乡下待过的，都有过在乡村生活的历史，对爆米花自然也都有记忆。

“那时候来我们村做爆米花的那个人总穿着一件黑棉袄，骑着个二八的飞鸽车，车的后座上是两个大筐，筐里装着这些设备。然后我们就排队。大人们没空，只有小孩子排。那时候爆的都是玉米……”

“爆玉米，两毛钱一锅。放糖精再加一毛。”

“那时候大米金贵啊。一个月一人只能买一斤大米，谁敢拿它去做零嘴吃？”

“嘿嘿，逢到谁家爆大米的时候，要么去地上捡些吃，要么顺便到人家篮子里抓一把，也没人说什么。那时候的人，都是厚道的。”

“现在的人也厚道。你看，不是还让免费品尝吗？”

“那也是师傅定的规矩好。他不定规矩，谁肯让咱们尝一口？”

“这个师傅真不错。要是再开朗些就更好了。”

“懂什么，人家这叫个性。”

……

无论谁说什么，老头儿的话都很省俭，能不搭言就不搭言。日子久了，人们就都知道了：这是个不爱说话的老头儿。

三

规律这个东西是最容易让人感觉不到的，却又是最厉害的。人们的生活早就被各种各样的东西规律着。从阳历的元旦、三八、五一、五四、六一、七一、八一、十一，到阴历的除夕、元宵、清明、端午、中秋，其间还有立春、雨水、霜降、冬至等各种各样的中国节气，更不用说什么世界地球日、法制宣传日、艾滋病宣传日等这些也夹杂着，一年四季就都被切得零零碎碎。还不单单是这些。在家里有家庭的规律，在单位有工作的规律，在大街上还有交通的规律。人们就生活在规律里面。谁都离不了这些规律。这就是寻常人的规律。规律保护自己的时候，人们是喜欢规律的。规律框诫自己的时候，人们是讨厌规律的。无论是喜欢的规律还是讨厌的规律，都是硬邦邦的方格子，怎么挣都挣不脱。要不怎么能叫规律呢？人们从这个方格跳到那个方格，光阴哗啦啦就飞过去了。

转眼间，老头儿已经在这里待了将近一年。他果然是说话算话，一周只来一次。来的那天都是周六。他的规律伴随着他的炭炉，他爆米花时的声响，和他爆米花散发的香气，逐渐也成了周围人的一个规律。然而这个规律的方格子却不硬。与其说是规律，不如说是一种柔和的浸入，是一种亲切的伴奏。这规律，是温的，是软的，是暖的。黄昏时分，一拐到巷子口，看见炭炉蓝紫色的火焰欢欢地飘着，人们就会忍不住加快蹬车的频率和走路的步伐，有孩子的妇人会连忙捂住孩子的耳朵，道："要响了吧？快响了吧？"

响，说的就是爆米花开锅时的那一声"轰"。很多人都怯着那一声。不过老常从不捂耳朵，他总是很惬意地看着，听着。老头儿在这里扎下的摊子带给他的不仅仅是十块钱，还有无尽的乐趣。这是他当初无论如何也没有想到的。原本预料着在这个越来越洋派的城市，谁还会稀罕吃这个土东西？没想到，这么土的东西反而成了人们的稀罕。一到周六下午，人们三三两两地就拿着东西排着队，来到了老头儿的炭炉前。在冬天，火真是个好东西啊，总让人们不自觉地就想围在它的身边。这个爆米花的小摊，这旺旺的炭炉，似乎为这个严丝合缝又苍凉无边的城市燃出了几分悠缓奇丽的诗意。只要站在这里，人们就会感到生活一下子就慢了下来。不慢下来就是不对的，既对不起这个爆米花的小摊，也对不起自己。

来做爆米花的主顾群很快就固定了下来。这时候老常才发现，这个老头儿一周来一次简直是太英明了。一周时间，既给一些主顾们留了吃的余地，也给另一些主顾们留了盼的想头，还给自己留了时间去别的地方转悠。这么着，他一天换一个地方，到哪里就都是细水长流，客源不断。这个城市就到处都是他的主顾了。

不知道老头儿的名字，也没有兴趣去打听，人们就叫他师傅。更客气些的叫老师儿。这个老师儿一定是要带儿化音的，以区别学校里的老师。这是豫北地区对中老年男人最常用的称呼。既不高看也不低看，既不卑也不亢，最是有礼有节的一个称呼。无论谁怎么叫，老头儿都是那么淡淡地应着。他的话还是那么少。按说做生意的人总要对主顾们迁就些，低伏些，温存些，可他不。不仅话少，他的表情始终也是很端庄的。他沾着煤灰的脸上几乎从不带笑容。这种端庄的表情很奇异，具有一种多义性。可以视为骄傲，也可以视为宽容，还可以视为严肃。总之是很有尊严的，是有架子的，然而也是很大气的。谁的零钱不够，他就说："走吧。"也不说下次再给的话。有孩子要尝，他就指指小红盆里："拿。"看孩子不动手，他干脆就抓两块递过去。

老常很喜欢他这种风度。男人嘛，就该有个脾气，有个架子。男人膝下有黄金，男人有泪不轻弹，这些话都对。那么男人脸上的花也不该随随便便就开起来。开多了不就贱了吗，不就不值钱了吗？看多了老头儿的神情，老常不由自主地也有了改变，逢到有人来买东西，即使是嚷着要买整条香烟的主顾，他也不再哈着气说："你要什么牌子的？"而是慢条斯理地踱到窗口处，威严地从鼻子眼里哼出一个字："嗯？"

四

在这端庄的老头儿面前，主顾们也都很顺从。当大米进了转锅，刚开始摇的时候，老头儿都要抽个空去切割白铁方盒子里上一锅已经凝固的米糕。怎么抽空呢？就是让本锅的主顾们来替他摇两把。有些主顾会说没摇过，害怕，他就韧韧道："不难。"然后顿一顿，又道："你们再不过来摇，米花就焦煳了。"于是那些主顾就连忙坐在那里，兴致勃勃地摇上几把。——有兴致来做爆米花的人，原本也都是有些孩子气的，心底里似乎早就盼着有这个机会，一被鼓动就按捺不住了。

然而一上手就知道，这个活并不像想象的那么简单。风箱是一里一外的直线，转锅是圆打圆的环线。等于说一手画圆，一手画线。路数不同，劲不能一顺儿去使，实在还是讲究技术的。有的两手一齐画圆，有的两手一齐画直线。两手画圆的时候风箱受不住，两手画直线的时候简直要把转锅从炭炉上掀下来。于是就有些个胆小的女人惊叫着从小马扎上逃起来，踉踉跄跄地说：

“老师儿，不中啊，不中。”

于是人们就轰地笑了。

还是男人们做这个活稍微强一些，无论是十七八岁的男孩子，三四十岁的中年人，还是六七十岁的老人，男人似乎生来就更了解这些复杂的机械工具。不过再怎么会做，头儿下都免不了闹笑话。当然也都是有惊无险：即便是把转锅从火上拽下来又能怎么样呢？又不会爆炸，又伤不了人。于是这就成了男人们短暂的玩具。他们拉着，摇着，笑着，偶尔有的人还会吆喝两声：“爆米花啦——谁来爆米花啦——又香又甜的爆米花啦——”

于是人们又轰地笑了。

实在闹得厉害的时候，老头儿也就忍不住笑了。他的笑是无声的。但因为不常见，就显得很珍贵。闹笑话的人就会格外开心。此时的人们在老头儿面前仿佛都成了一个个讨乖的孩子，老头儿的笑就成了一种难得的奖励。在他的笑里，有些好奇的人就有了问话的勇气。

“老师儿，你贵姓？”

都叫老师儿了，也都问贵姓了，可真够客气的了。要是那种活泛的生意人，肯定是会回答的。老头儿却仍是不回答。他只是笑笑。

“老师儿是哪里人？”那人仍旧穷追不舍。

老头儿这次说话了，再不说话就太不给人面子了。

老头儿轻轻地说：“有事吗？”

“随便问问。”问的人觉得没趣了。

老头儿就又沉默了。

老头儿有时也会趁着这个空抽一支烟。他靠着墙，慢慢地抽着，一口一口地吐着烟雾。他眯着眼睛，看着火光映闪中人们的脸。老常偶尔瞟一眼过去，就会看见，深蓝色的帽子下，是他刀刻一般的脸。眼睛陷在皱纹里面。他看不清楚他的眼睛。只知道那眼睛是黑的，黑不见底。那眼睛也是深的，深不见底。

“哎，你这么叫人乱动你的东西，不怕他们给你弄毁了？”有时候，老常会这么提醒他。

老头儿不说话。

“自己吃饭的家伙自己不心疼，谁还会替你心疼？”老常继续唠叨着，自己都嫌自己啰唆了。老头儿还是不说话。

这真是个不爱说话的老头儿啊。是个深沉的生意人。到后来，老常不得不这么认定。按理说做生意的人的深沉是只能放在心里，不能露在外面的。露在外面就做不好生意。可他生意却又偏偏这么好，真是怪呢。

分明地，人们是越来越喜欢这个老头儿了，甚至都有些娇惯他了，生怕他不来似的。一到周六就开始到老常这里买白糖，还要问一句：“会来吧？”老常准准地答：“会来。”一看到老头儿的三轮车在巷子口安营扎寨，路过的人就会纷纷地和他招呼。他有时候会“嗯”一声，有时候就点个头。人们也都不计较。对境况不如自己的人，人们都是既难过又愉悦，既幸灾乐祸又悲天悯人。总之心情很复杂，表情却是很慷慨的。老常对这些人的心知晓得明镜一般，因为他知道自己的心，也是一样。

现在，他是说什么也不肯收老头儿的十块钱了。老头儿一定要给，他就塞给他两包“红旗渠”烟。一包“红旗渠”零售五块。他不让老头儿吃这个亏。看到老头儿偶尔抽上一两支，老常的心就会熨帖许多。有几次城管的人来盘问，他都替老头儿打了马虎眼：“他来得少，不值得你们操心。你们抬抬手，不看僧面看佛面。他是我亲戚呢，乡下亲戚。”

五

因这老头儿和他的爆米花，周围的人们也突然变得有些亲近起来。在排队等候的过程中，孩子们玩在了一起，大人们也拉起了家常。哪个超市的东西更便宜，哪个服装店在打折，哪家的麻辣烫更好吃些，永乐和苏宁的电器哪个更划算、品牌更齐全，谁家的保姆和主人勾搭上了，哪个小区丢的自行车最多……热热闹闹，兴兴头头。这些原本漠不相关的城市居住者，因着这小小的火，就聚起来了，就认识了。认识了才知道：有的就住在一个小区，有的就住得楼挨楼，有的甚至就住在一栋楼里，因为各自匆忙，却几乎没见过面，或者见了面也不留意。于是都惊讶着，都惊喜着，很快融出了一些情谊。这情谊虽然如微雨，湿一层地面就了无痕迹，但在城市这干燥焦枯的尘嚣里，这钢筋水泥的丛林里，能有微雨降落已经是小小的奇迹了。

口口相传中，这个爆米花的摊子越来越有了些名气。后来居然上了电视，抵达了最高潮的荣光。那一天，巷子口突然停了一辆电视台的车，车上喷绘的字样是“市民百态”。一个满身兜兜的男人架着摄像机先下了车，一个穿着火红羽绒服的漂亮女子随后下了车，一下来她就举着话筒在摄像机前呱嗒呱嗒讲了一个笑话，说现在的人都知道什么叫“美国爆米花”了，可是据说“美国爆米花”的技术还是从中国学来的。那一年，美国前总统尼克松访华，晚上去北京的胡同遛弯，忽然听见嗵嗵嗵的礼炮声响，心想：“中国人民怎么这么热情啊，我溜达溜达还得给我放礼炮？”走近了才发现是做爆米花的。可他不知道什么是爆米花啊，就在那里看。看来看去明白了，对秘书说：“这个玩意儿可太好了，说什么也得把这技术带回美国去。”秘书说：“这玩意儿好什么啊？”尼克松说：“你没看见这是个粮食放大器吗？能解决多少人的吃饭问题啊。”从此以后，美国人民才知道了爆米花，才吃上了爆米花。

排队候着的主顾们都乐不可支。

然后摄像机就对准了这个爆米花的小摊，对准了老头儿，女记者开始了采访。老常和主顾们都有些揪心地看着那个女记者，她可不知道这老头儿的脾性呢。

“师傅，您贵姓啊？”

老头儿不说话。自顾自地拉着风箱，摇着转锅上的手柄。

“师傅，您哪里人啊？”

老头儿仍然不说话。

“您老高寿啊？”

老头儿还是不说话。

女记者抿抿嘴。气氛有些尴尬了。老常替他们两个都着急：要是老头儿会搭腔的话，既不会把女记者晾到这儿，他也给自己的摊子做了免费广告。那事情该多圆满。这真是不怕瞪眼金刚，就怕闭眼菩萨。

可女记者不气馁。她蹲在老头儿的身边，继续和蔼可亲地问："师傅，您为什么要选择做爆米花这个行当？"

这话可问得更不靠谱了。老常暗笑。为什么？还不是为了生计？谁拿这个活儿当毽子耍呢。这次老头儿没搭理她，老常一点儿都不同情。换了自己也没办法搭理她呀。

女记者朝着镜头做了个鬼脸："咱们这个老师傅还挺酷的。"又看着老头儿的手："这么冷的天，您怎么不戴手套啊？"

人们轰地大笑起来。有人道："他整天在炉子边，戴什么手套。"

女记者脸红了。不过真不愧是女记者，她马上站起来，开始采访周边的主顾们。主顾们到底都是在电视前泡大的，都知道该怎么说。侃侃而谈地对老头儿夸赞了一番，对爆米花怀念了一番。等问到老头儿为什么不每天在这里固定摆摊，而是只到周六才来的时候，老常立马感觉到自己的思考派上了用场，从窗口探出头来，道："谁家整天吃这个呀，又不是油盐酱醋。就得隔几天再回来才能在这儿倒腾出新鲜茬口，不然生意还不会这么好呢。其他几天他也不闲着。城市这么大，东西南北中，铁打的营盘流水的兵，他一天一个地儿，哪儿的钱都不耽误挣。"

女记者很满意。

一周后，节目播出，老常当然看了。编排得很细致，普普通通的巷口在屏幕上看起来居然很有韵致，都有些不像了。老头儿没说一个字，就只好放他摇转锅的样子。被配上了喜气洋洋的音乐，老头儿的沉闷看起来也俨然是怡然自得。有的主顾的话被剪掉了，老常那几句话一句也没剪。他翻来覆去地想着自己那几句话，越想越觉得自己说得好，既通透又利落。有才。老常的窗口也上了镜头，“公用电话”四个字很显眼地在屏幕上晃来晃去，把老常的心都快晃悠醉了。外景结束，演播室里的女主持人又总结了一大串，说什么这是童年记忆中最动人的风景，这是乡村传统食品工艺在当代都市人中的心灵回归。其中还引用了两句诗：“就锅排下黄金粟，转手翻成白玉花。”

老常不由得点头，这文化人说出来就是不一样啊。

节目的结尾配曲是一首歌，主持人说特意在曲库里找了唯一一首与爆米花有关的歌。叫《爆米花的味道》。歌词很怪，是老常怎么也听不懂的那种怪：“是谁在主导，事情有些微妙……银幕再热闹，我却有小困扰……玉米在发烧，爆米花的味道……热情用大火烤，快乐在膨胀发酵……”

六

临近元旦的时候，这个城市下了入冬以来的第一场雪。下雪之前打了一个雷，老常吃了一惊。冬天打雷，虽说报纸上讲这是冷暖气流撞击产生的正常现象，就像两个冤家见面就得吵架，但到底是冬天，这总是有点儿玄妙。冬打雷，雷打雪。老话还是说得准。黄昏时分就下起了雪。雪片开始很小，入掌即化，小雨点似的。后来渐渐大了起来，飞着，飘着，跳着舞，有些像杨花了。暮色渐浓，先成了深蓝，然后是黑蓝。这时的雪片更大了，却反而下得笨重了，成熟了，沉静了。它密密地下着，直直地下着，一心一意地下着，下得简单明了，下得倔强执拗，下得一根筋，下得死心眼。

上过电视之后，这个老头儿的生意越发好了。只要周六下午他的三轮车一到，就开始有人排队。转锅一摇，除了等候的主顾们，还多了些看热闹的。有时候都里三层外三层的，似乎在欣赏着什么难得的西洋景。有什么可看的呢？老常一边纳着闷，一边也忍不住把头伸出来，抻长了脖子瞧着那个不动声色的老头儿千篇一律地拉着风箱，摇着转锅。一板一眼，稳如泰山。

大雪中，还有几家主顾等候在炭炉旁，偶尔说几句话。有人从爆米花的摊子走过，脚踩着雪地咯吱咯吱响。纷纷漫漫的雪中，老头儿一如既往地忙碌着。他的帽子白了，帽子盖不住的那些头发梢也白了，衣服上挂着一层梨花。围在炭炉边的人们一边听着风箱的响动，一边清清楚楚地看见：一个一个的雪片义无反顾地投身到炭炉蓝紫色的火焰中，一瞬间就和火融在了一起。这雪花也有个去处呢。老常忽然起了一个迟到的忧虑：这个爆米花的老头儿，他住在哪里？当这个偌大的城市打了烊，所有的街巷都寂静了下来，这个异乡口音的老头儿，他会去哪里？

深夜，打发走了最后一个主顾，看着老头儿收拾好摊子，老常叫住他，从窗户口探出头说："给你续点儿热水。"

"不用了。"老头儿说。

"你要是再这么客气，往后就不准你在这儿了。"老常几乎是有些撒娇地威胁道。老头儿笑了笑，把杯子递过来，老常满满地给他续上了水，老头儿喝了两口。这让老常很畅快。不是有个好词叫雪中送炭吗？他做的好事是雪中送水。谁让这个老头儿不缺炭呢。

"下午打雷了。"老常说。

"听见了。"

“到黄昏就下了雪。”

“可不是。”

“你住得离这儿远吗？”

“不远。”老头儿说。老常知道他准会这么说。

空气清凉，爆米花的芳香淡淡地还在。其实也没有什么可聊的。两个老人就这么站着，一个屋里，一个屋外。一个窗里，一个窗外。一个雪里，一个雪外。一个是落寞，另一个还是落寞。

“哎，这老天爷，又打雷又下雪，是不是也在天上爆米花呢。就是这雪做的爆米花存不住，没法子吃。就是能吃，它也不甜哪。”老常突然说。他为自己的比喻得意极了。

“比方得好。”老头儿看着雪，夸赞道。

喝过了水，老头儿把小红塑料盆里的几块大米糕塞给老常，骑上了三轮车，朝老常挥了挥手。老常心满意足地关上窗户，一遍又一遍地念叨着自己刚才的比方，不由得笑了又笑，孩子一样。

七

今天又是周六。明天就是元旦了。本来元旦这个节就有些尴尬，说长不长，说短不短，去旅游吧，总共三天，时间不够。又都穿得厚厚重重的，不方便。说喜兴吧，又是个小喜，再过不多日子就是春节，春节才是大喜。就算有点儿念想和激情也都是给那个时刻预备的。且眼下这个元旦又正好混在双休日里头，就过得更没劲儿了。

当然，终归是个节。能多放一天假休息休息，总是好的。伸长胳膊伸长腿睡了一天，没事可做，就有人拎着东西来做爆米花了。现在，这周围的人做爆米花已经不单单是为自家吃，给朋友带的，给单位同事带的，都有——又便宜又清香还有些名气，都成了联络感情的一样特产了。

一切都和往常一样，人们排着队，等着爆自己的那一锅。老头儿去白铁方盒子里切米糕的时候，叫上来个主顾替他拉风箱摇转锅。笑话还是不断地有，人们还是不断地笑。老常的脑袋一直往外探着，也不觉得冷。亏得这个老头儿把摊子开在了自己的窗户边，他想。要不，这个冬天和以往的冬天一样，该多没意思啊。

轮到一个年轻女孩子替老头儿拉风箱摇转锅了。女孩子穿着一件天蓝色的羽绒服，围着白色的围巾，明眸皓齿，怎么看怎么顺眼。就是拉风箱摇转锅的样子也好看。自然，她也是做不好的。只摇了两下就站起来，说："我不行，我不行。谁替替我吧。"

"我来。"一个男人说。这是个看热闹的年轻人。他高高瘦瘦的，穿着一件蓝黑色的棉夹克，戴着一顶深蓝色的鸭舌帽。在马扎上坐下来的时候，他把帽子往脸上压了压，一手拉起了风箱，一手就摇起了转锅。一圆一线，两手并用。从第一个动作开始，就干得极为流畅娴熟。

"嘿，这个小伙子真是不错。"有人喝起了彩。

老常连忙把脑袋伸出来，看了两眼，也夸道："还别说，我看了这么多人，这个小子是头一份。"

正在白方铁盒子那里切米糕的老头儿停下了手，转身看了看那个高高的男人。炭炉的火光忽闪着小伙子脸上隐约的轮廓。老头儿取了一支烟，走到小伙子身边，停了片刻，敬了过去，说："你多拉几把，我去上个厕所。"

"得了。你去。"小伙子说。他拉得越发起兴了。

老头儿朝巷子口去了。出了巷子口往右拐，就是厕所。大约五六分钟的样子，他回来了。他先来到了老常的窗户边，道："借根绳子。长点儿的，结实点儿的。"

老常想问问他做什么，又想起他素日的脾性，就噤了声，转身从屋里找了根绳子给他。递绳子的时候，老常看见老头儿的手有点儿哆嗦。这离开炉子才多大会儿？看来他也是不禁冻啊。老常想。

老头儿拿着绳子来到了炭炉边。小伙子正有些厌倦了似的，看到老头儿，就连忙站起了身，一边给他让座，一边道："快好了。"老头儿不说话，他沉默着，和年轻人面对面站着，朝着年轻人的脸看了一眼，又看了一眼。年轻人意识到了什么，转身就要跑，就在这一刹那，老头儿抡起了炭炉上的转锅，朝年轻人砸去。年轻人一转身，转锅砸在了年轻人的背上，棉夹克发出一阵激烈的刺啦声，随即一股焦煳味向四周冲击开来。然后，转锅骨碌碌地滚落到地上，火星噼里啪啦地闪耀着。周围的人都惊呼着退开，却又舍不得退得太远。只见老头儿转手就把年轻人的手扳住了，然后绳子便上了年轻人的脖颈。年轻人挣扎着，踢打着，老头儿则把整个身子都扑上去拧着。两人绞缠在了一起，拼死地斗着，咻咻地喘着粗气，难舍难分。

周围的人都呆住了。

一阵尖利的警笛声响，110 到了。

"我的米花。"在老头儿就要跨上警车的时候，年轻女孩低声嘟囔。老头儿闻声折回了头，他捡起转锅，又放在了炭炉上，重新坐定，一手拉起了风箱，一手摇起了转锅。他拉啊拉，摇啊摇，拉啊拉，摇啊摇。主顾们都静静地站着，看着他。除了风箱声和转锅声，这个世界一片安寂。

不知道过了多久，时辰足了。老头儿不慌不忙地站起来，把烧得肚皮白亮的转锅从炭炉上取下，锅口对准上铁桶下麻袋的那件黑物事，用一根铁撬杠稳稳地插进锅口的阀门开关上，身子微微后倾，用力一揣。

轰!

老常和周围的人一起捂住了耳朵。看爆米花一年了，这是他第一次捂耳朵。

八

第二天，爆米花的老头儿没有来。他的三轮车还在老常的窗底下放着，炭炉已经灭了。那个上铁桶下麻袋的物事还在地上零乱地摊着，大小两个红塑料盆也还待在那里。还有那个矮小的马扎。新年喜洋洋的气氛里，这一堆没有主人的东西显得特别落魄，一副无家可归的孤儿神情。老常把它们归置了归置，收拾到了自家的地下室。他知道只要老头儿来，就会来找他要。他替他收拾起来，也算是处了一年的交情。

周围的人也都惦记着这个老头儿。每次去老常的窗户那里买东西，都要问一句："他来了吗？把东西取走了吗？"老常总是免不了发一番感慨，认真地回答几句。他想，只要这个老头儿来取东西，总会把那天晚上的缘故讲给他听。——替他保管了这么长时间的东西，让他费点儿唾沫讲讲他自己的故事，不算过分吧？怎么着都不过分呢。

然而老常再也没有见过这个爆米花的老头儿。那个老头儿始终没来。

那天，社区警务室的片警来买烟，老常试探着朝他打听那个老头儿的事，没想到片警还真知道。他说那个老头儿家在豫南，是个县政府的机关干部，临退休那一年，他跑出租的女儿被人劫杀了，案子早破了，人却总是逮不住。老头儿去催，公安局说警力不足，不能把精神头儿都放在这一件案子上。老头儿就提前办了退休，开始捉凶。来这个城市之前，他已经走过了六个地方，六年没回家了。六年里，他就带着这么个爆米花的摊子四处游荡，他老婆蹲在老家负责打探仇家的消息，听说仇家在哪里就告诉他，他就去哪里卧，一卧就是一年。没想到还真在这里遂了愿。

“那，他干吗非得设这么个摊子？”老常懵懂着，眼珠子都要掉出来了。

“他仇家家里原来就是干这个的。”片警说，“这个老头儿，心里可有功夫着嘞。”

“我还替他存着东西呢。”怔了许久，老常说。

“你该扔就扔，该卖就卖。”片警笑了笑，“依我看，他不会要了。”

片警走后，老常关上窗户，来到地下室。他拎起那个黑乎乎的转锅，在手里上上下下地掂了掂，似乎特别重。

老常激灵灵打了个寒战。他突然感觉到有一种说不出来的冷。

你不知道吧

一

这年清明刚过，闲来无事，我便趁着一个周末去了一趟信阳。初衷自是为了鼎鼎大名的信阳毛尖。近年来渐渐爱上了喝茶，绿茶里自然少不了信阳毛尖。以往每年的新茶下来，我都是在象城的品牌专卖店里买，自家喝，也送亲朋长辈。这次突然起了兴致，是因有茶友分享经验，说该到信阳山里的村子里买去，这叫“到老根儿拿鲜货”，省了几道倒手，自家喝的口粮茶不用闹那些虚文，送客的礼品茶也有各种包装。总之无论是要哪种，价钱肯定都实惠。且正逢春和景明，顺便逛逛也好。

去便去。虽有四百多公里之远，好在有高铁，一个半小时就能到。要去的村子叫桃湾，离高铁站有十来公里。都是品茗人，茶友一家亲。茶友托茶友，转了几道弯，终于找到了去高铁站接送我的人。除了手机号，我对此人的年龄性别等概况统统不知，只通过一点瞧出了她的有趣：她设定了见面暗号。她举一个“金”字，我要上去对一个“钱”字。

出了高铁站，迎面便见一个女子举着个纸牌子，上面写着一个大大的“金”，那定是她了。我便朝她走去。女子身材敦实，短发圆脸，看见我便欢悦地笑起来。到了跟前，听我说出了“钱”字，她笑得圆脸边缘都模糊起来。看形貌和眼纹也有三十来岁了，笑起来却仍有少女般的天真稚气。我问她为什么要设立这么个暗号。她说，好玩呀，谁不爱钱呢。又道：“其实是因为我姓钱。”便自我介绍说全名叫钱菲。“姓倒是个好姓，小时候是小钱，长大了是大钱，到老了还是老钱。总之是有钱傍身，应过不了穷日子。可是钱呢？钱去哪儿了？就因为后面这个字起岔了。菲，一个意思是（花草）茂盛，另一个意思就是薄，菲薄菲薄嘛，所以，综合起来的意思就是，钱到了我手里虽然看着挺多的，可用起来就显得太少啦。”说着就又嘎嘎嘎地大笑起来。被她感染着，我也便笑起来，问：“那我眼下该叫你啥？小钱还是大钱？”她笑道：“大钱吧。村里人都叫我大钱。您姓金，我姓钱，咱们俩就是金钱组合。”

上了车，便载着我往山林氤氲翠润处而去。路上就说起了茶。我问她村里哪家的茶最好，她说一方水土养一方茶，且被茶客们认了这么多年，其实是差不多一般好的。虽是总有些特别说法，比如哪坡哪沟的更好，甚或是哪几棵树最好，她却觉得这就近乎传奇甚或是妖魔化。“你想，这道坡和那道坡肩并着肩，能错过多少去？太阳难道就照这边长些，那边短些？雨水难道就这边足些，那边欠些？很多不过是噱头罢了。如果一定要说差别，那差别也多是在炒茶人的手艺这里错落开来的。”说得我频频点头之际，她却忽然又道：“我这话也不大准——咋忘了西坡。村里的茶我喝了这么些年，口味也刁钻了些，要我说，这村里西坡的茶树茶气最足。原因嘛，海拔高一些，长得更慢一些，云雾也更亲近一些。”

我问她这种茶跟哪家买去，她顽皮一笑道：“西坡的茶买是没处买的，却可以亲手去打。想要喝我就带你去，自己打下的茶喝着格外香。”我问：“我这生手，贸贸然去糟蹋人家的茶树，不大好吧？”大钱笑道：“这你可想多了。村里的茶山有的是没人打的。多少人家，孩子们都在外打工的，老两口身体不大行的，又不想雇人，就叫亲戚朋友们来打茶叶，谁打下来就算谁的。西坡里的就是。有几户全家都常年不回来，怕茶树长野，老是喊着叫人去打呢。打下了鲜叶，想自己喝的就找人炒，想挣钱的就直接卖鲜叶。对此，村里人的嘴边话就是，茶叶长都长成了，不打也是罪过，打了也算积德。——你不知道吧，你以为的糟蹋竟是积德呢。”

听的人就都笑。她又问我的行程安排，若是今天就走，节奏就得紧凑些，下午买过了茶就赶快再送我去搭返程高铁。若是还想要住一晚，村里没有旅店，只能等买过茶后送我进城去住。我说既然来了，就住一晚。大钱便道：“那时间就宽裕了，明天要不要打茶？”我说要。她问：“你带运动鞋没？”我说没有。她道：“村里也没处买去，单为了采茶现买新鞋也不值。”问了我的鞋码说：“跟我的脚码一样，就穿我的吧。”我说好。

说话着便进了村，她径直把我带到一处院落，一看就是村小，里面聚着一堆孩子，小的三五岁，大的十来岁，你追我赶，喧闹得很。我问：“这是村幼儿园吗？”大钱笑道：“算是吧。只是没人给我封个园长当当。”便解释说，因大人们都忙着采茶炒茶，只她得空，便都托她暂时代管孩子们。又道："先吃饭，买茶的事吃完饭再说。柴米油盐酱醋茶，茶为啥排到最后？就因为是饭后的闲事呀。"

二

午餐便由她款待，和孩子们一起吃。主食是电饭锅煮的米饭，只有两个菜，一个是地锅炖排骨，待排骨炖熟了再往里面放些豆腐、粉条、香菇之类的配菜。另一个菜还在塑料袋里蓬蓬棱棱地堆着，大钱说："你不知道吧？这是苦辣菜。"这菜名儿我是头一回听说，看着像是油菜。大钱说："可能跟油菜是一科的。这里人都爱吃的，到处都有。不过却是时令野菜，也就是这些天才吃得到，且因是冬天过后长出来的头茬，也是最嫩最好吃的。等过段时间长老了，它就开出了黄灿灿的花。那时看着更像油菜呢。它的籽儿和油菜籽儿一样，确实也能榨油的。不过要仔细去看，你就能知道不是。油菜长得很温顺，是小家碧玉的风格，苦辣菜呢，到底是野菜，茎粗叶大，很生猛，一副没有教养的野丫头样子。"

她边说边拾掇着，两三个小女孩子也过来帮着打下手。所谓的拾掇，也就是把它们打理成大概其的几段，如此才好把它们放进开水锅里焯熟。菜叶子也得稍微拾掇一下。上面有着毛棱棱的边儿，叶面上散布着或密或疏的孔洞，不知道是不是虫子咬的，这些孔洞总是让我感到莫名的亲切。还有一些叶子带着暗红间杂棕黄的色块，这色块，有点儿接近泥土的颜色，或者说，有点儿接近秋天的颜色。大叶子里有，小叶子里也有，最嫩最嫩的菜芯儿里，也有这样的色块，像是胎记。清水洗了几遍后再用开水焯，从开水里捞出来又过了道凉水，大钱便用白棉布裹住它，把水挤干，切成碎丁，然后开炒。炒起来极其简单，就是用一点儿油，再用一点儿盐，待盐味进菜即可。配菜用的是葱白、红菜椒和木耳，炒出来便是红绿黑白四色兼具，十分完美。初入口有些苦，后味儿却有点儿甜，也有点儿涩，还有点儿辣，更多的却是香。

孩子们先吃。我便帮她招呼孩子们。两个人招呼十来个孩子，竟也是好一番手忙脚乱。等终于忙完了孩子们的饭，我们才端起了碗。边吃边聊，问大钱怎么就管起了这麻烦事，她方说起来。原来她竟不是这村的人，这是她姥姥家。童年时她跟着姥姥在这里住过几年，很受照顾，念念不忘。长大后，但凡回来看姥姥，就总要住些时日。舅舅们早就在城里安家立业，姥姥去世后便卖了老宅，除了上坟都不回村。她也每年都回来给姥姥上坟，每次回来都还是想要住些时日。我问她住哪儿，她指指隔壁，说是二哥家。她每次来都住这儿。二哥是姥姥的本家孙子，虽早出了五服，却也算是亲的了。还有，她顿了顿道："这就是姥姥家的老宅。"

给孩子们做饭是因为有一年她回来住，天还没亮，就被学校里传来的声音吵醒了。那时村小还没有被并点撤走。她闻声披衣到了学校门口，看到一群孩子聚在一起，在黎明前的夜色里如童鬼一般。她吓了一跳，问他们怎么起这么早。孩子们说，家大人都因为茶叶忙活着，顾不上他们，就把他们送了过来。早送早省心。大钱困惑道："既然来了，为啥不进学校里？"大门的锁是虚挂的，没有实实地锁住。孩子们说："许校长说了，不到时候不叫进。"校长姓许，四十来岁，家住邻村，容长脸面，平日里不苟言笑，学生们都有些怕她。

大钱说，听到这里，她心里就翻滚着难受起来。问孩子们吃饭了吗。都说没有。不过都带了干粮。有的是面包，有的是馒头，有的是干脆面。只是都没有热水喝。——大人们去山上打茶，孩子们却没有热水喝。这么想着，她说她的泪都快下来了。她就心血来潮，打开门，叫孩子们进到了学校里，用自己带的东西给孩子们做了简单的早餐。等到孩子们吃完，天也放了大亮。许校长来到学校，看见这情形，什么也没说，只是跟大钱一起收碗筷。直到孩子们都进了教室，她们俩相对坐着歇息。"她看着我，忽然笑了一下，"大钱说，"我也忙回了一个笑。她没再笑，我心里就有些没底，说'对不起啊许校长，没顾上给你打招呼，也不知道这么做合适不合适'。许校长说，'你这不是骂我吗。打春茶的时候，家里都顾不上孩子们，我早就知道。我也不是铁石心肠。可是事关孩子无小事，我实在也是害怕了。刚毕业第一年，我在茶楼小学教书，就碰到了事儿。两个孩子早早去学校玩，在二楼打打闹闹的，一个孩子头朝下摔了出去，伤了脑子，死了。家长闹个不停，茶楼小学本来就难支撑，再加上这个事，就彻底垮了。我接受了教训，来这儿就给自己立了规矩，只做分内的事。分外的事，担不起责任'。我说'哪有那么巧'。她说，'不怕一万，就怕万一。这么多孩子呢，真要有了啥事，算谁的？算你的？你不是老师。算我的？不是我招揽的事'。"

一时间，我停了吃饭，沉默着。大钱沉吟了片刻，接着说：

“许校长这话不好听，可确实也有道理，且是以血泪教训得到的道理。这道理在城里是不用讲的，是我耳熟能详的，只是在这里听见，忽然间让我觉得有些陌生了。不过她也提醒了我，让我把自己往回纠偏一下。我想了想说，‘要不这么着吧，我以个人名义拟个委托协议，让家长们签个字。说到事前头，丑话就不丑’。她眼睛一亮，却又灰了，说，‘那能行吗’，我说，‘试试呗’。那天午饭过后，我就拟了个协议，打印了出来。第二天一早，二十来个孩子齐齐地带了过来，大人们全都签了字。后来我才听说，也有人嫌太啰唆，更多的还是体贴，说丁是丁，卯是卯，这字该签。人家大钱做这些个事，还不是心疼孩子们。要是有啥事再去赖人家，那可不是坏了良心。也有好奇的，问我图啥，有孩子说，他妈妈在家里签字的时候一直念叨着，‘这大钱图啥呢？不收钱还管孩子们两顿饭，能不图啥’。我笑道，‘你回去告诉你妈妈，大钱真不图啥。叫她放一百个心’。也有人见面对我说，‘你这可是为来世积德呀’。我说，‘什么来世不来世，我可没想那么远。反正我爱在村里待着，反正闲着也是闲着’。”

三

吃完后便喝茶。边喝边听大钱讲，她说好茶要喝三道，头道茶淡而脏，二道茶甜而香，三道茶喝个光。三道过后，便换了茶。入口的茶味，又有了细微分别。当然，无论怎么不一样，茶味儿总归还是涩，甘，香。不过是有的涩久一些，有的甘浓一些，有的香长一些。传达出来的气息，有的静一些，有的沉一些，有的浮一些。大钱说，有分别就对了嘛。既然世界上没有同一片叶子，又怎么可能有同一杯茶呢？等下午去各家串去，就更能喝出差异来。各家各户的茶山茶树不同，打茶炒茶的人不同，进到杯里的茶，怎么会一样。又说到怎么通过成品茶去鉴别炒茶水平的高低，大钱说，关键一点是看茶叶的破碎度，茶叶不破损，才能留香久。破损度的指标意义如同麦子的瘪粒，破损的越少就越能证明技艺精到。也可很直观地看汤汁，最正宗最地道的汤汁不是碧绿的，而是金黄色的。所谓的闻如兰香观如金汤，正是如此。

泡茶用的是最寻常的素面透明玻璃杯，水是自来水，味道有一股天然的清甜。茶叶没有单芽的，多是一芽一叶，初展的也有，全展的也有。但看那杯子里的景象，芽的毛，叶的尖，名副其实的才算是毛尖。尖也就罢了，毛这个字，真是太妙。是用惯了的好，也是经得起用的好，不然怎么能用惯呢？这世上，最纤细的东西就是毛，最幼嫩的也是毛，汗毛，毛发，毛孔，毛毛雨，一毛钱，毛茸茸……有毛的东西几乎都是可爱的。作为茶叶的毫，这个毛，自然是要多好就有多好。

喝着喝着，就浑身微汗。再喝着喝着，就浑身通泰。酣畅淋漓地喝了个痛快，方想起问她的茶是在哪家买的，她说她的茶都是村里人送的。也只能让送，因没处买去，都不卖给她。除非她要得多，否则就没人收她的钱。而即便买，她也不好意思多买，因价太低，总觉得买得越多越亏着人家。

"那里面都是。"她指着桌上一个纸盒子说。我便去看，却见都是作业本的纸包，一小包一小包的。她说，家长们给孩子们带的话是，"叫大钱老师尝个味儿"。也有给多的，她就会退回去。

靠山吃山，靠水吃水，靠茶吃茶。春茶跟他们的眼珠子似的，怎么能白要那么多呢？大钱说："我跟他们说，'春茶贵似金，金子还得金子换，你们给我留着好茶就是了，回头我买'。他们却都说，'哪能叫你买？花那钱。自家的茶山，不过是费把子力气'。我说就是力气最值钱。他们说，'我们的力气值钱，就非得你来买？知道你有钱，你有钱去别的地方使，别搁这里来花。你要是真心疼惜我们的力气，要不你自己来打？你打多少都是你的'。"

"所以你就真的上山打茶？"我问。大钱说："是啊，抽空就去打点儿。不打白不打，只要你想打。只要你去打，一定不白打。"又都笑。

喝足了茶，她便带我去逛。事先叮嘱道："咱们先去各家尝尝，先别急着买，等看过一遍再定。"我答应着，便跟着她在村中行走。尽管才认识不到一天，我却已是很信任她了。莫名信任，似乎她是老友。而每进一家，那家人上来跟大钱打招呼时也都会问："有朋友来啦。你朋友真多啊。"大钱应道："人缘就是这么好，实在是没办法。"

说笑两句，便坐下喝茶。进了几户人家，都尝了茶。出这家进那家，一路上，大钱像个导游似的跟我说东说西，见什么讲什么。路边桑葚熟了，结了不少甜甜的黑果子，我想要摘来吃，又怕不妥，被大钱看了出来，笑道："吃吧，随便吃。得紧着吃。反正人不吃鸟就来吃，人吃了也不耽误鸟吃。只是你若是能紧着吃，总能挑着那些好摘的，不用爬高上梯。那些不好摘的留给鸟吃也就是了。"又指着坡上说："野樱桃也有熟的了，你要是爱吃就摘去。"我便果真去摘一些，小是小，味道却是很不错。初时涩，忍住，会慢慢甘甜，这甘甜，来得慢，去得慢。要是不换个别的口味，能在舌尖徘徊半晌。

比较一番后，我便入手了几斤茶。买过了茶，却没有走回头路，由着大钱带着我弯弯绕绕。信阳临近湖北地界，有着明显的南方风韵。随处可见河流池塘，稻田宛若布拼一样，一块接一块地玲珑着，真叫一个好看。不少池塘里都有荷叶正冒头。荷叶的量词该用片的吧，可是刚出水的新荷还是得用枚，它们粗粗地卷着，像是个不规则的“一”字。在靠近岸边的地方，那里几乎没有水，只有淤泥，这枚小小的“一”简直就像贴附在淤泥上，如初生的婴儿，趴在老祖母破败的怀抱里。有的稍微长高了一些，离淤泥远了一些，叶面有了一点儿舒展。在背光的一面看它，它有着一抹淡淡的赭红色。在它的不远处，有几只小青蛙在水里栖着，偶尔停在水下的枯枝上。

各家的花也都开得正喜人。黄刺玫一披一挂地开着，小小的丰满的圆圆的花瓣，浓烈的甜香。石榴花噘着一朵朵小火苗，这儿一簇，那儿一簇。月季也在这时候盛开了。这里家家户户似乎都种有藤月，倒是很适宜的。不占地方，依着篱笆、拱门或者随便什么架子，开得极盛。深粉，雪粉，朱红，紫红，不外乎这几个大颜色，却因为开在各家，粉又粉得不同，红也红得不同。这藤月的花比蔷薇要大一些，香气也更甜一些。走过它们，觉得衣服都染上了香。

“这村子真好。”我感叹。大钱道：“那晚上就住这里吧，也住在二哥家，别回城了。晚上家家户户炒茶，花香加茶香，整个儿桃湾都是香的——不是我不想送你，路又不远，几脚油门的事。就是想让你多吸几口这香气。”我欣悦道：“好啊好啊。”大钱当即笑得灿烂如太阳，道：“跟你真投缘。我睡的是张大床，你同我一起？就是多个枕头的事。”我说好。

四

晚饭便是在二哥家吃的。饭后两口子便在东厢房里忙起来，二哥手里挥舞着茶把在茶锅里搅动，屋里的簸箩里摊放着鲜叶。我问二嫂：“这叶子都是今天打的?”二嫂说：“可不是嘛。”问她：“怎么有的簸箩里鲜叶多，有的簸箩里鲜叶少?”她说：“虽说都是鲜叶，鲜叶和鲜叶可不一样呢。上午叶，下午叶，壮树叶，老树叶，晴天叶，雨天叶，都得分开摊晾，不能混到一起。鲜叶不一样，炒制的力道和火候也就不能一样。”我叹道：“真不知道喝杯茶有这么不容易，还以为上山打茶就是最难的了。”二嫂说：“打下鲜叶，这难字才走了个上半程，且不到家哩。下半程的难呢，就难在炒茶，要一夜到天亮。如果不及时炒，就会发酵，‘发烧出汗，鲜叶完蛋’，以前的忙活都是白忙活。”

大钱道：“有一个曲儿，唱的就是炒茶人的苦。我听二嫂唱过，唱得可好。二嫂，你再唱唱呗。”二嫂大方道：“唱唱就唱唱。”等二哥炒过了一锅，趁着歇息时刻，便轻声哼唱了起来：

炒茶之人好寒心
炭火烤来烟火熏
熬到五更鸡子叫
头难抬来眼难睁

双腿灌铅重千斤

音质有些粗粝，韵调也有些忧伤，却不知怎的也并不让人沮丧。我问这段曲儿叫什么名儿，二嫂笑道："就是个曲儿，没名儿。这还值当有个名目?"不过这种曲子倒有个名目，叫"闲五句"，许是因为是在闲时唱的，且都是五句。还有一首"闲五句"，词里也有茶，却是酸曲儿：

手扶茶棵泪不干
心中好似滚油煎
送哥送到分水滩
撩水给哥洗把脸
分水容易分人难

我不由得鼓掌叫好。二嫂笑道："这就算好？还有更好的呢。"又唱道：

夜夜睡觉想着郎
想郎想得脸焦黄
打开枕头给郎看
眼泪发芽二寸长
床底挖个养鱼塘

我自是更热烈地鼓掌，得寸进尺地央求她再来几个，她说她就这些了。一边应着我，夫妻俩便又忙起来。二嫂忙着烧火，随时添柴、退柴，火光映着她的脸，多了几分红润俏丽。二哥忙着杀青，揉捻，炒生锅，炒熟锅，再甩条儿。生锅要大火，熟锅要中火，甩条要小火。每个程序都得六七分钟。最后一个程序是炭焙，用的就是极文的炭火了。焙着焙着，毛尖特有的香气就弥漫了出来。

那天晚上，就是在这香气里，在二嫂忙碌的间隙里，我和大钱时而听她唱曲，时而和她闲话。我问二嫂："二哥炒茶的手艺，也算是行家里手了吧?"二嫂瞧了二哥一眼，笑说："他那成色呀，顶多算半个行家，一只里手。"说得二哥也笑起来，应道："我可一般。一般的意思就是能把好茶叶炒好。好的炒茶师傅呢，是能把三等茶叶炒出二等味道，二等茶叶炒得接近于一等茶，这才是真厉害。就是像种稻子，上等田里种出好稻子，不稀奇。下等田里种出好稻子，才见功力。"我说这还像老师教学生，好老师不仅能把好苗子教好，也能把中等苗子拔起来。二嫂说对对对，就是这个意思。

二嫂娘家在山外，是平原乡村，离桃湾有十来里，属于另一个镇子。问起当初怎么嫁给二哥的，她笑道："还不是因为茶。"别看是在信阳山里，也不是所有的地方都有茶山，很多地方只有水稻田，没有茶山。桃湾村的茶山算是多的。早在二十年前，乡里还在这里设有茶厂，一到春茶季，就由乡里出面召集人来打茶叶，工钱不菲。那时还不太时兴去远地方打工，好多外村的姑娘小伙儿都过来做这活儿，既挣了钱，也恋了爱。二嫂和二哥当初就是这么认识的。她说，原本最动心的就是二哥家有那么多亩茶山，想着有了这茶山，够几辈子用，吃不穷穿不穷的，就嫁了过来。听我打趣问是不是后悔了，二嫂却又道："后悔啥，不后悔。咱吃得了茶的香，就受得了茶的苦。"二哥笑道："你这话说得硬气。再说了，后悔有啥用？迟啦。"

不知不觉已过十点，二嫂催我们去睡，临走前我又赖着二嫂唱了一曲：

小小鲤鱼压红鳃
上方游到下方来
穿过多少金丝网
闯过多少钓鱼台
不为仁兄我不来

睡觉是在临街屋，果然是一张大床，床上铺盖被枕虽旧旧的，却很干净清爽。一张小木桌上放着电脑，还有几本书。角落里有瓶插的一大把香蒲草，叶片秀挺，蒲棒可爱。听我夸，大钱道："你走时我送你啊。"又打来了一盆热水，要我洗漱。客随主便，就都依她安排。洗漱完毕，又就这热水泡脚，大钱便忙着添水。在把脚伸进盆里的瞬间，我和大钱面面相觑了片刻，便笑起来，笑得会心会意——相识不到一天，居然就睡到了一张床上。且还是在如此偏远的村庄，在这素昧平生的农户家。这史无前例的进展速度于我而言，实在也是在预料之外的。而虽是预料之外，却也是那么自然地水到渠成。

临睡前，我又在东厢房门口站了一刻，静静地闻了一会儿茶香。这时候的桃湾村，正浸泡在层层叠叠的香气中。有花的香，树的香，更有茶的香，几种香混合着，如同无形的波浪，此起彼伏，潮涌而来，缠绵回荡。花香平和悠远，树香深沉庄严，茶香则绵长热烈。多有意思。茶树长在那里的时候，散发出来的，也就是一股子散淡的植物清气。如今，她隐秘的芬芳被尽情尽兴地点燃，如同花朵绽放。再然后，这芬芳会被密封，会被冷冻，直至沸水再把她点燃。而再度被点燃之夜，就是她最后的纯净的疯狂。

脚步轻响，大钱也走过来，问我："这味道特别好闻吧？"我说："是啊，在这样的味道里睡觉应该能做美梦。"她点头道："我每次回来，都会睡得很香。尤其是在这老宅里，尤其是炒茶时节。"

"每年都回来？"

"嗯，每年都回来。我妈妈去世前特别叮嘱我，叫我每年都回来给姥姥上坟。她还说，因她是出门闺女，死了也不能埋回老家，只有我能替她来看看。她还说，乡下日子总是苦。回来时，我能做点儿啥就做点儿啥，算是替她尽了心。"

大钱的眼睛里泪光盈盈。

五

一夜无梦。第二天早上，大钱叫醒我时，一看时间才七点，我说："这也太早了吧。"大钱道："早什么早，二哥二嫂六点都走了。咱们赶快吃了饭去采一会儿，半上午还得回来支应孩子们的午饭呢。”

饭后换了鞋，大钱又塞给我们去采茶的每人一个小篓子，篓子里窝着一顶防晒帽，边儿有些黝黑。然后便跟着她顺着小路去往西坡，也没有多远，不到半个小时便走到了。遥遥地看到了二哥二嫂，脸用防晒帽遮得严严实实的，正在两手飞花般采着。高声喊二嫂，她挥了挥手。等到了跟前，她先讲怎么防着脚下的枝枝节节小塄小坎，又讲怎么防着乱茶枝戳着眼睛划着手，讲了若干安全事项，才开始讲怎么打茶叶。原来，这打茶叶不是我想象的那样——我一直以为，打茶叶很像摘棉花。竟是错了的。小小的芽头小小的叶，怎么能像棉花一样呢？需得用巧劲儿。看准了芽叶下手时，有时得掌心朝上，食指和拇指向外向上提，有时又得掌心朝下，食指和拇指向里向上提。后来我才知道，这种打法叫提采。还有一种打法叫折采。最忌讳的采法就是掐采，凡是掐采过的茶叶，炒出来都会泛红。二嫂一边说着，手里也不闲着，那轻巧敏捷的动作看得我连声哦哦，我也才明白他们为什么会说打茶。必须得用打，也只能是打。

教完了我们，二嫂又叫我们打给她看。大钱自是比我们业务熟练，相比之下，我便是笨手笨脚。看着我的样子，二嫂的眼睛在防晒布后面笑得弯弯的，又演示了两遍，方才离得远了一些，去专心打茶。二嫂一走，大钱便俨然升级成了专家，开始指点起我来。我自是虚心学着。打了一会儿，手渐熟了。熟能生巧，倒也不难。只是脚下不平，需得拿捏着劲儿站着，又得看着手里的，累得慌。

打了半天，腰背便有些酸痛，看看小篓子里，却还没有盖住底儿。太阳照着，满山的绿叶子晃着，有些头昏眼花的，我便站住。大钱笑道："累了吧，那就歇歇。咱们寻块宽敞地儿坐下来，你看着别踩上野猪粪。"我惊讶道："这里有野猪?"大钱说："你不知道吧？野猪多着呢。你看咱们这地多松软，都是野猪来刨的。野猪来这里干啥？找东西吃呗。吃去年秋天落下的板栗，茶油树上结的果子，也吃野菜，春天新发的娃娃拳，都是它们的喜好。"我说："不得想法子赶它们走?"二嫂在那边搭话道："赶啥呀赶，野猪来了是好事哩。人家吃的东西又不碍咱们的事，还来松土呀，来上粪呀，可不都是好事。"说着便指了指隔壁的茶坡："人家今儿可不来打茶叶了，人家在茶山上下了野猪套儿，昨儿套了头小野猪，三岁了，有百十来斤。今儿肯定在家收拾那头猪呢。人家运气咋就那么好？咱也下过套儿，都没碰上这么样的大好事。前几天远远地瞧着了刺猬、猪獾和狗獾，见人就跑，以为咱会逮它们似的。倒是去年逮着了一只山鸡，山鸡知道吧？那翅膀花得跟唱戏的彩衣似的，好看死了。俺们吃了两天的肉，那毛还留着哩。"

歇了一会儿，我们又起身去打。不知怎么的，都没了闲话，竟然凝神专注起来。满山的大寂静中，除了鸟叫，就只有我们忙碌的声响，沙沙麻麻，扑扑簌簌。打了好一会儿才觉口渴，喝了几口水，喊着二嫂，问她要不要喝水，她只一个劲儿摆手。问了两遍，我干脆走过去，非叫她喝口水歇一歇。二嫂说："不歇啦。歇一歇就想歇两歇，不怕慢，就怕站。水可不好多喝，喝多了得放水，这喝水放水来来回回折腾的，不知道会耽误干多少活儿。"我顿时讪讪的，觉得自己一把岁数的人，怎就这么不懂事起来。

待回到大钱旁，大钱道："二嫂打茶就是这样惜时如金。手慢的一天打一两斤，手快的一天三四斤。七八十块一斤，你算算这账？单卖鲜叶，二十来天挣个四五千五六千就是寻常。这边还有句行话是'清明茶，小小芽。谷雨茶，大把抓'。你不知道吧？谷雨之前的茶，都叫头茶。眼下这时节就是头茶。行话说'头茶打不好，二茶发不了'。头茶芽叶长得又好又多，还长得快，隔几天就需要再打一遍，叫巡打。这头茶要是没打好，就会'跑茶'。不要以为茶树的根儿扎着，茶就不会跑。——你不知道吧？茶树不会跑，茶味儿可是有腿有脚的，待不住了就会跑。等它跑了，打到手里的叶子就不再是'杯中宝'，那就只是'一把草'。谷雨前的末几天更繁重，因要打'头茶尾'，这算是春茶里的末茶，味道又好，芽叶又体面，虽卖不上价，给亲戚朋友们送一送也不那么心疼，自家喝待客喝也都适宜，几方都能抵达最佳平衡。"

如此说来，头茶尾竟然是农家最体己的茶了。不过我又衍生出了一些疑惑，便遥问二嫂："头茶尾打完呢？再发出来就真的不打了？"二嫂回话道："头茶尾以后的茶就是夏茶了，一般没人打。即便打下来也不好喝的。你硬要再打两天也没人拦着，打下来的茶混到头茶里也没人拦着，可是你多打那两天干啥，人家都不上山了，就你上山，你家的茶名声也会赖。不定就会有人指戳说，'他家的茶过了谷雨还在打哩'。都穷成了这？咱这何苦哩。"我惊奇，还能有这种说处。大钱叹道："村里的事就是这样。看着各家过日子，其实也是有条共线的。你不知道吧？村里有的人家即便富足，能买得起茶的，只要在这村里住，轻易也不去买。

多少都会去亲自打一些。要是不打，也怕被村里人议论忘本，还怕会被村里人讥讽说，‘有钱嘛，买嘛。跷着腿在家喝嘛’。”

笑了一番。二嫂越打越远，我们越打越慢。后来索性又站住喝水闲话，大钱突然问：“你们喝过毛尖的秋茶没有？”我说没有。大钱道：“秋茶最好喝。行话是‘春茶苦，夏茶涩，秋茶好喝舍不得’。为啥舍不得？因秋茶得留着养树。即便要打也是在白露前后轻打，所以也叫‘白露茶’。秋茶没有苦涩味，有花香气，就是量极小，搁不住卖，只能送给最亲的人。所以还有句行话，‘春打金，夏打银，秋里打的送情人’。”就又都笑。

将近十点半时，大钱说得回去了，还得给孩子们做饭呢。问二嫂：“中午要不要过来给你们送饭？”二嫂说不用送，带了干粮。边说边把几片鲜叶送进了嘴里。我便问：“咋吃生叶子？”她说还不到吃饭时，饿了困了累了，吃下几片鲜叶，立马就能提劲儿。问我说：“下午还来呀？”我说：“下午就走啦。”便慢慢走过去，把小篓子里的鲜叶合到了大钱的小篓子里。大钱夸道：“不赖，夜里叫二哥给咱炒炒，我估摸着能炒出半两，够你喝三天。”我说半两哪够喝三天。大钱笑道：“这是西坡呀。别坡的茶不能，西坡的就能。它茶气足嘛。”

她用的是茶气，不是香气，就又勾出了我的好奇，问她茶气和香气有啥不一样。大钱道：“当然不一样。香气是到茶面儿上的，一泡就出来。茶气比香气藏得深，得慢慢品。有的茶，你可能还没喝茶就闻到了香气，不想闻都不行，它奔着你的鼻子来了嘛。这种茶常就是香猛气不足。可是有的茶乍喝着是淡淡的，你必须得喝好几道，才能体会到那种盘盘旋旋的茶气。有时候得喝一段时间才能知道，茶气足的茶，更耐品。这茶气——你不知道吧？往根儿里说，是地气，是树气，是人气。”我懵懂道：“地气树气也还好明白，咋还有人气？”大钱说：“对啊，就是得有人气。人勤谨，会打理茶树，也才有树气。地气、树气和人气合股到茶上，才有茶气嘛。对了，这里的茶树之所以茶气足，顶要命的还有一点就是不打药。就是想打，你多半也打不成药。山高风大，你背一壶920上来，一喷出去，被风一吹都跑偏了，没效果。再说了，背着一桶920上去，你试试？累不死你才怪。对了，你不知道吧？920又叫赤霉素、赤霉酸，种类很多，据说有三四十种。这里的人只叫920。”“920啊920，”她既赞叹又鄙视地说，“你下午用喷雾剂打一下，明天早上再去看，那芽叶出的，要多好看有多好看，要多喜人有多喜人。可那毒茶，你能喝吗？你敢喝吗？”

沉默了片刻，我说：“来了桃湾，认识了你，认识了二哥二嫂，以后可不用担心喝到毒茶了，是吧？”大钱道：“当然。不为仁兄我不来，说的就是这。”

就都笑。

六

午饭后要走时，在二哥这里买了十斤茶，寻常价，却多给了半斤。二哥说，熟人多吃二两豆腐三两肉，多半斤茶也是应该。大钱也送了半斤茶给我，说是自己打的鲜叶。临行前拍了拍脑袋，又进屋将那把香蒲草抱了出来，说要送给我。

“这个，不好拿吧？”我说。

"不好寄，却是好拿的。只是你这路上得辛苦点儿。"她说着做着，利落地把香蒲草用绳子密密地匝好，又用一个厚实的化肥袋把它们裹紧，放进了车后备厢。我说："那你可就没有了。"她说："这些东西年年长的，在村里不值什么，只是到城里却不好见。你喜欢就好。你不知道吧？蒲棒是一味中药，可以止血呢。"

到了信阳东站，和大钱拥抱告别。相视而笑着约了明年此时再见。她让我先进站，我非要目送她先走，她终是依了我。临上车前，她又回头喊道："差点儿忘了二嫂叫带的话，她说等谷雨过去了就给你寄一些'头茶尾'。你不知道吧？这'头茶尾'可是二哥二嫂送你的，不收你钱。"我如傻子一般憨笑点头。

你不知道吧？——看着大钱的车远去，不知怎么的，突然就想起她这句口头禅来。嗯，我确实不知道。不过，我很愿意知道，也很荣幸知道。

语文课

一

刘小水是从前门进去的。一进去，她就知道自己走错了——不该走前门的。不过都快二十年没进过教室了，也难怪。校园里刚刚响过标志着上课的音乐钟。钟声消逝的瞬间，世界总是格外安静。全屋子的人都顺着开门声齐刷刷地看着她，那么多粉扑扑的小脸蛋啊，头发都一般般地黑，眼睛都一般般地亮，都明铮铮地照着她，仿佛每个人的眉毛下都点着两盏小灯，把她照得都有些恍惚了。

她的富丫头，在哪里呢？

“您是谁的家长？”一个仿佛被熨斗熨过似的平展的声音。刘小水闻声转向讲台，一个年轻的女老师正微笑着看着她，一脸的礼貌和知识。

刘小水有些慌了，她道：“哦，富丫头……余富。”

老师笑了，孩子们也都笑了，叽叽喳喳地一起朝一个角落看去，一屋子的小脑袋在转向的瞬间形成了一条漆黑黑的目光通道，刘小水的眼睛顺着通道溜过去，就在通道的终点看见了富丫头。富丫头有些不好意思地趴在了课桌上，一边小声道：“去，去！看啥呢看?!”

“请在后面就座。我们马上要开始上课了。”老师伸出右手，做了个请的姿势，然后把脸转向孩子们，“同学们，请打开课本，翻到第 121 页，今天我们学习第 21 课《真想变成大大的荷叶》……”

窸窸窣窣的翻书声波浪一般响起，总算没有人看自己了。刘小水松了一口气，连忙朝教室后面走去。孩子们坐得可真挤啊，过道可真窄啊。刘小水侧着身子，将手里的袋子高高地拎起来，走到最后，左右瞅瞅，没位子。她转脸又去看她的富丫头，富丫头冲她努努嘴儿，哦，在富丫头的身后，最靠南的窗户边儿，有一个小小的凳子，那是富丫头给她留着呢。她连忙挤过去，坐下来。

富丫头扭头看了看她手里的袋子，用眼睛狠狠地剜了她一眼，才又转过身去。老师已经开始朗读课文了：

> 夏天来了，
> 夏天是位小姐姐。
> 她热情地问我：
> 想变点儿什么？
> ……

刘小水笑了。这写书的人可真会写。女老师很年轻，齐刘海，马尾辫，一对小酒窝时隐时现，很白，阳光似的那种白。上身一件黑毛衫，下身是条黑裙子，颈上却绕搭着一条白丝巾，看起来素净俏丽，还有几分说不清道不明的神仙气儿。声音也好听，清清爽爽，甜甜脆脆。那个味道，让刘小水不由得想起一道自己调拌的拿手小菜：凉拌萝卜皮儿。

二

窗户台子不高。刘小水把右胳膊支在窗台上，又把脸支在手上。阳光透过窗户，罩住她的半边身子和半边脸。阳光很好。她不由得把整个脸都转了过去，凑向这阳光。这阳光像什么呢？阳光就是阳光。她知道。可坐在教室里，她就不由得想起上学时候老师叫自己造句的情形来。比喻句，拟人句，排比句……这阳光，到底像什么呢？像温热的酒吗？像薄薄的丝绵吗？她的眼睛眯起来，感到自己的眼皮儿先是一阵炫亮，然后慢慢被点燃了，一点点地热起来，红起来，热得越来越深，红得也越来越深……

她打了个盹儿，从袋子里取出一个“甜蜜蜜”，放进嘴巴里。平日里劲儿不足的时候她就往嘴里放块“甜蜜蜜”。甜物能领精神。“甜蜜蜜”的老名字叫“梅豆角”。今儿一早起来，买了菜，将小菜的料都备齐了，她就开始揉面，熬糖，擀角，灌浆，一直炸到这会儿……七斤面能炸出十斤梅豆角。在县糕点厂当工人的时候，这是刘小水最会做的甜点。她炸得真是好呢，一个个饱嘟嘟的，真像熟透了的梅豆。最开始在燕庄卖这个东西时，她还沿袭着老规矩，叫它梅豆角，卖得不怎么好，每天只有四五斤的量。后来还是富丫头说她学校附近有个摊子卖的也是这，人家却不叫梅豆角，而叫“甜蜜蜜”，人家就卖得好。“洋气得很呢。有个电影，有个电视剧，还有个歌儿，都叫‘甜蜜蜜’！”富丫头说。她想了想，也就改叫了“甜蜜蜜”，一下子就卖到了七八斤。

当然，今天手里这一大袋可不是自己当零嘴儿的，是给老师带的。学校离家不远，两站路，富丫头已经在这儿读两年书了，每学期都有请家长来听的公开课，她是第一次来。她这次要不来，富丫头说她就真生气了："不跟你玩儿了。"富丫头现在是班长了，家长不来，就格外没面子。“班长要给同学们做榜样，你是班长的家长，也该给同学们的家长做榜样。”她吧嗒着小嘴说。

于是，她就做榜样来了。榜样没做成，先用迟到给富丫头的面子打了个巴掌。这事儿弄的。

三

教室是三间，有暖气，有空调。讲台右边是台饮水机，饮水机上方是台大电视。刘小水抬头看了看天花板，不由得笑了：当然没有水印子。怎么可能有水印子呢？这省城的学校，怎么会跟她当年读书的村小一样，滴答滴答地漏雨呢？倒是有密密麻麻的一堆棒管，她数了数，十八支。富丫头说天阴的时候老师就会全部打开，整个教室就雪亮雪亮的。

课文也不一样了。二年级，自己那时候学的是什么课文来着？《我爱北京天安门》？《毛主席万岁》？《董存瑞炸碉堡》？《小英雄雨来》？《小萝卜头》？《八角楼上》？《鸡毛信》？《我的战友邱少云》？……似乎除了英雄就是领袖，都是些响当当的人物。对了，还有动物，《乌鸦喝水》《小猫钓鱼》《小马过河》《小猴子下山》《小白兔与小灰兔》……富丫头一年级的课文她也看过，

第一篇就把她震住了，叫《人有两个宝》，只一遍她就背了下来：“人有两个宝，双手和大脑。双手会做工，大脑会思考。用手又用脑，才能有创造。”没事的时候，她就喜欢在心里默背这篇课文。越背越觉得人家怎么说得那么好啊，怎么就好像把所有人一辈子的事都说清楚了似的呢。

忽然，她觉得肩背有些酸痛，牵扯得心里也有一块地方软软地酸痛起来。就是这样。一闲下来，那些平日里躲着的毛病就来了，所以除非睡觉，她一般不让自己闲下来。干活的时候不过是身子累，闲下来的时候却是心累。

我想变成透明的雨滴，
睡在一片绿叶上；
我想变成一条小鱼，
游入清凌凌的小河。
……

刘小水又笑了。变成雨滴？这倒是自家男人说的话呢。是他跟她说的第一句话。机械厂紧挨着糕点厂，他就在机械厂上班。上班的时候是厂挨厂，下班的时候是村挨村，前后脚在一条路上走，每天都挂个面儿，就是没说过话。

那天她下了班，走到半路上下了小雨，春末梢的雨，不冷。她正骑着车，忽然他就赶了上来，和她并排骑着车，还是不说话。一直不说。雨下得真是静啊，路边的田野绿得也静，她的心都跳到脸上了，也快到分手的路口了，他才说：“我想变成雨。”

然后，他便贼一般慌慌张张地走了。刘小水愣在雨里。他想变成雨？变成雨干什么呢？去浇地？到底什么意思呢？莫不是神经了？脑子有毛病？她反复思忖着，最后都疑心自己听错了。回到家里，娘在门口迎她，接过车子就埋怨：“也不快点儿骑，小雨怕慢路，你看你，一身雨！”一瞬间，刘小水忽然明白了他的话，她湿淋淋地扑倒在床上，笑了起来。

然后呢？然后两人就成了家，他可不就是一条鱼了吗？只是他这鱼可不是小鱼，怎么说呢？该是电视上看过的鲨鱼吧，猛着呢。多少个夜晚，他凶巴巴的，像要撕吃了她一样……在他身下，她可不就成了一条河吗。

再然后，他们在县城安了家，生了儿子余钱。两人的厂子先后关了门，却都不甘心回去，又想再要个孩子，就一窝子来到了省城，扎根在了这名叫燕庄的城中村。燕庄多得是他们这样的人家。“为的就是两个字——计和生。”房东大姐说，“是躲计生，也是讨生计。”

如今，一晃都八年了。

四

我想变眨眼的星星，
我想变弯弯的新月。
最后，
我看见小小的荷塘，
真想变成大大的荷叶。
……

老师还在念。不，这一句她不喜欢。她隔着富丫头的脑袋，远远地看着她的课本。课本上还画着几片绿绿的荷叶。这荷叶她也不喜欢。也说不出为什么，就是不喜欢。她看了一眼手里的“甜蜜蜜”，两斤的分量是有的，一斤卖三块半，这一袋子“甜蜜蜜”值七块钱。昨儿她跟富丫头商量了，富丫头立马就说：“你可别丢我的人!”她气噎了半天，才想起来问：“怎么就丢你的人了？你是嫌这东西土气？不值钱?”富丫头说：“我不喜欢你送礼！太低塌!”——“低塌”是老家的方言，刘小水估摸放到书面上，应该约等于卑微，或者是贱。

她又看了一眼这一袋子的“甜蜜蜜”。七块钱的东西，说到净本儿也就是五块。做生意时间长了，她见一样东西就爱算算本儿算算利，成了习性。没法子，活一天就得跟钱打一天交道。柴米油盐，房租水电，进货卖货……每天一睁开眼，就得想着今天得挣够多少才算有了自家的本儿。自家的倒也罢了，好歹心里有个谱儿，最怕的是额外伸来的那些个手，娘家的，婆家的，亲戚的。“在省城都开着买卖呢，手头活便……”是啊，手头是活便，可锅再大也搁不住窟窿多啊。都以为她有钱，她哪有那么多？暑假里，儿子余钱帮她做生意，在夜市上算账算得飞快，边算边对她说：“妈，你给我起的名字可真好，人人都离不开。你仔细听听，谁说哪句话不带个钱?”

她就留出一只耳朵，一听还真是。

“烩面多少钱?”

“三块。”

——这是烩面摊儿上的。

“老板，多搁点儿醋！”

“不是我心疼醋钱，再搁就不是那个味儿了……”

——这是酸辣粉摊儿上的。

“老板，来，帮我们照张相！”

“中啊。再挤一挤，再挤挤，好咧，说：茄——子——”

——这是麻辣串摊儿上的。刘小水暗暗寻思：这几位可没说钱。可好像就是为了反驳她，一个女孩子顿时叫了起来：“说什么‘茄子’啊，早就过时了！现在流行说的是‘抢钱’！我们一起来说，抢——钱——”

有一段时间，她总是收到假钞。一张假钞到手，一天就白忙活了。小本生意，这个亏他们真是吃不起。于是每天晚上忙完了，她就开始练功夫：摸钱验钞。她闭上眼睛，像瞎子一样摸。五毛也就算了，一块的都不能放过。练到最后，她的眼前开始飘着一张张的“毛爷爷”：绿色的，紫色的，蓝色的，黄色的，红色的……这么多“毛爷爷”在眼前晃着，她心里真痒痒。又没有人看见——这可是她的梦啊，她的梦可没有旁人进来啊。她刘小水就有这个本事，在梦里还知道自己是做梦。既然是梦，反正是梦，那抓一把应该没关系吧？她看看左右又看看前后，都是一团团浑浑噩噩的雾，像在掩护她似的。她就壮了壮胆子，冲着和和气气的“毛爷爷”伸出了手……

胳膊被狠狠地捅了一下，刘小水一激灵，睁开了眼睛。

“妈！”在一片喧闹的读书声中，富丫头小声呵斥。刘小水笑了笑，她捏出一个“甜蜜蜜”，又放进了嘴里。旁边一个穿裙子的女家长斜了她一眼，轻轻道："上课不准吃东西。"

刘小水停止了咀嚼。她紧紧地绷住嘴巴，将"甜蜜蜜"默默地含住，含到后来，腮帮子都有些疼了。

五

"请注意，坐正了！挺直了！安静了！"老师绷紧了嘴角，带着一点点微笑，静静地看着教室。教室马上跟着老师静下来。仿佛老师的静是一个神秘的漩涡，能吸进去全班的吵闹。突然间，老师说话了："下面我们开始开火车！哪一组先当火车头？"

"我们！"

"我们！"

"我们我们我们！"

孩子们举起的手臂如一片突然生长出来的小树林。孩子们的叫声如树林里叽叽喳喳的小鸟。老师把右手的食指竖在唇边，用口型做出一个"嘘"，然后笑道："第一组！"

一小撮孩子们发出一阵胜利的欢呼。

老师又环视了一遍教室，郑重其事地张开了嘴巴："热——"

"热乎乎！"——"热门！"——"热天！"——"热水！"——"热菜！"——"热汤！"——"热烈！"——"热心！"——"热心肠！"……

听着听着，刘小水就明白了。原来是接力组词比赛。竖着为一组。孩子们一个个站起，又一个个坐下，小椅子随着孩子们的动作叽叽呱呱地响着。有性急的孩子早早就站了起来，紧张地等待着属于自己的庄严时刻。仿佛自己嘴里含着的词是一颗烫烫的碳，早一点吐出就早一点不烧自己的舌头。而一旦听到自己琢磨的词被别人说着了，他们马上就会发出响亮的叹息声。

开着开着，孩子们就把火车开远了：“热狗!”——“热钱!”——“热辣!”——“热舞!”……

孩子们还没什么，家长们倒轰地笑了。老师笑着做了个停止的手势，道：“都很好，下面这个词从第二组开始，透——”

“透气!”——“透明!”——“透光!”——“透透的!”——“透露!”……

最后几个像是绕口令，说着说着孩子们就又笑了。

老师竖起了右手的食指，仿佛有一个字已经站在了指尖上：“游——”

“游览!”——“游人!”——“游客!”——“游牧!”——“游船!”——“游湖!”——“游园!”——“游荡!”——“游击!”……孩子们的声音如一朵朵无形的花，肆无忌惮地开放在空气中，这个字他们似乎格外有感觉，老师似乎也格外想试试孩子们的本事似的，任由他们说开去。不知道说了多少，也不知道说了多长时间，仿佛全班的孩子们都说了一遍了，火车却还在往前开着。直到刘小水又打了个盹儿醒过来，孩子们还在争斗着，不过争斗的节奏明显慢了下来，如大年夜的鞭炮放到了最后几声，零零星星地炸着：“游戏机!”——“游戏规则!”——“游刃有余!”——“游手好闲!”——“游山玩水!”……

老师笑起来，正要做出停止的手势，一个孩子突然叫道：“游泳！还有游泳没有说!”

接着，鞭炮的鸣响骤然又热烈起来：“蛙泳!”“蝶泳!”“仰泳!”“自由泳!”……

“等等!”老师终于忍不住了，“我们说的是游，怎么跑到泳上了?”

教室里又爆炸一阵笑起来，或许是因为后面坐着家长，一些小家伙故意笑出几分夸张的兴奋，要不是老师用目光压着他们，他们肯定就蹿到桌子上去了。

“不过，也难怪同学们会对这个字特有感觉。这个字是我们的新朋友，还是新朋友里最复杂的、最难写的一个。大家可以仔细认识认识它。”老师说着，转身在黑板上一笔一画地写出了一个大大的“游”字，边写边道：“请注意我的笔顺哦。按笔顺写出来的字才会好看哦。我们古人写信的时候常说‘见字如面’。字，就是我们的另一张脸，我们可要让我们的这张脸又帅又靓哦……”

六

安静的教室越发显得暖和了。教室里的气味品种很齐全：女孩子们轻轻的汗腥味儿，男孩子们酸酸的汗臭味儿，妈妈们的香水味儿、面霜味儿、油烟味儿，爸爸们的皮革味儿、烟味儿、酒味儿，爷爷们和奶奶们散出来的老年人特有的霉腐味儿……

隔过富丫头的肩膀头儿，刘小水看见她已经写到了“穿”字。富丫头的字敦实大方，周周正正，耐看得很。随着富丫头的笔，刘小水也用手指在膝盖上一笔一笔地写着。已经很久没有这么写过字了。写这无用的字。——可不是吗，平日里写字都是有用的。银行存取款签名，给富丫头的卷子签名，租房协议签名，给进货的老板留联系方式签名……已经多少年没有单单为写字而写字了？像现在这样。

远远地看着富丫头课本上的那些字，她忽然觉得那些字都有些不像那些字了。似乎不是少了一个点儿，就是多了一个钩，一派奇奇怪怪的模样。这是怎么了？怎么这些字都跟自己这么生分了？好歹自己也是上过高中的人呢。燕庄这么多小摊主里，平日就数她买报买得多呢。她忽然又想起富丫头给她讲字的事情来。那天晚上的饭桌上，说起了写字，富丫头问她："妈，你知道咱们的字都是怎么来的吗？"

"仓颉造的呗。"她很有些得意地说。那些个小摊主，有几个知道仓颉呢？

"那是传说。仓颉一个人不可能造那么多字，"仿佛印书一般，富丫头一板一眼地说，"我们的汉字是几千年来人民群众集体智慧的结晶。"

"那你说说，人民群众到底又是怎么结的晶？"刘小水忍住笑问。

"是画来的。"富丫头说，"你想想，山不是山样？水不是水样？火不是火样？"

"可不是吗。一是一样，二是二样，三是三样，万还是万样呢。"她抢白她。常常的，抢白富丫头是她的一种享受。

富丫头没回嘴，只是用食指蘸上水杯里的水，在饭桌上写了三个并排的"木"字。

"我看出来了，一个木是木样，两个木是'林'样，要是把这个木放到这俩木上头，那就是一个'森'样了。"刘小水依然打趣。

富丫头依然没还嘴，她默默地在左边“木”的竖的最上头画了一个长横，在右边“木”的竖的最下方画了一个长横，方才一字一句地对刘小水说道：“木字上头加一横，就表示树梢，这就成了‘末’字。木字下头加一横，就表示树根，这就成了‘本’字。本末倒置这个词听说过没有？就是头尾颠倒的意思。这就是木、末、本，这三个字的关系，你懂了没有？”看着刘小水吃惊的样子，富丫头这才得意地晃了晃大大的脑袋，“老师说，专门有一种学问是研究咱们汉语历史的，叫古代汉语。上大学我们就能学这个了。”

“那，‘未’呢？”刘小水忽然问，“未这个字，是不是也和木有关系？”

“不知道，”富丫头有些瘪了，“老师没讲。明儿我替你问问老师。”

七

老师走得很慢。就该这样慢。不慢就不对了。她得时不时停一停，给孩子们指拨指拨毛病呢。刘小水忽然觉得老师很像一个庄稼把式，一边察看田里的苗儿，一边给苗儿锄杂草。——她不由得笑起来，知道老师和庄稼把式这个词很不搭。富丫头的日记里，就说老师是“人类灵魂的工程师”。可她忍不住就要这么想。

“别讲速度，写得快并不重要，”老师以和脚步一样的速度慢慢地说，“重要的是写得对，写得好……”

“报告老师，”有个小男孩举手道，“要是写得又快又对又好呢？”

这是个爱吃劲儿的别扭孩子。家长们都无声地笑了，老师走到小男孩跟前，摸了摸他的头：“那当然就太完美啦。”

刘小水的眼睛追随着老师。富丫头的嘴巴上整天粘着的，就是这个老师吧？有的孩子已经写完了，看看周围，互相比较着，发出蜜蜂一样轻微的嗡嗡声。

“写完的同学不要打扰别的同学，可以默默地读课文，也可以趴在桌上静息。”老师说。

刘小水无声地笑了。这老师是好，怎么看都好。课堂刚才虽然乱得有些不成体统，可在她的娇纵里孩子们也真是学得有趣，有兴致。所以乱得也真是好。就“静息”这两个字说得也好。听听，不是歇歇，不是休息，是静息。有多少意思在里边！这个姑娘，不简单呢。

若论说话，刘小水还是愿意回乡下。偶尔回乡下一趟，听听乡下那些话，她才会踏实一点儿。那些话多亲哪。“野的，咱来野的！”……“收成不赖！”……“将将就就吧。”……“又去哪儿日哄人了？”……“明年扎根基，起房！”……“老婆子纺花，慢慢儿上劲”……

再返回城里的时候，她就会有些恍惚：这是一个世界上的声音吗？

是的，这是一个世界上的声音。她知道。中国话，外国话，城里话，乡下话，电视上的话，书里的话，家常话，正话，歪话，新话，老话……都是这个世界的声音。都是。这杂七杂八的声音如无边无际的海，刘小水常常会觉得有些害怕，仿佛这个声音的海会把她淹没。她不会游泳，蛙泳、蝶泳、仰泳、自由泳，她一样也不会。这些声音让她莫名其妙地觉得孤单。好像这海里就她一个。活在这世上，就是为了被这些声音淹没吗？——听哪，听哪，来了，来了，那些声音又来了……

她又一激灵。是富丫头又在捅她。方才，她又睡着了。

八

捅完她，富丫头就站起来，朝讲台上走去。刘小水揉揉眼睛，心提了起来。这个丫头，她上讲台上干什么呢？哦，还有好几个孩子都正往讲台上走去，不止富丫头一个呢。

她看看手表，再有八九分钟就下课了。

孩子们围到老师跟前，伸出小手。老师笑嘻嘻地给他们每人发了一个纸牌子，道：“老师发哪个是哪个，不准换哦。”

等孩子们将牌子拿在手里，刘小水才明白过来，原来是要把课文里的东西再演一遍呢。富丫头也算一个争取到了角色的演员呢。刘小水数了数，一共七个。

“老师，谁演夏天呢？”一个手拿小雨滴的男孩子问。

“我呀。”老师有些调皮地歪歪头说。台上台下的孩子们都哈哈大笑。

“同学们，我们的电影马上就要开拍了。”老师紧并着双腿，笑盈盈地面对着台下那些不是演员的孩子们，“谁是导演呀？”

“我——们——”孩子们齐刷刷地说。看来他们对当导演都很有经验了。

刘小水的心里一热。多可人的老师！

演出开始了。老师的手势很雅气地舞动着，念完了第一段。然后是小雨滴男孩，他比画着让自己从空中落下，在讲桌上摆出睡着的模样。接着小鱼女孩上场，她摇头摆尾地在讲台上走了一遍。刚走完就有同学举手，批评道："小鱼应该吐泡儿，她没吐。"

然后依次是蝴蝶女孩翩翩地飞，蝈蝈男孩蹦蹦跶跶地跳，轮到星星和月亮上场时，两个男孩合作了起来，星星像猪似的推搡着月亮，月亮则慢悠悠地不慌不忙地任他推搡着，等他们表演完了，老师要求他们解释，星星言简意赅地说："众星拱月嘛。"

一屋子人都笑翻了。

富丫头在喧闹中出场了，她演的是荷叶。富丫头脸圆，身材壮，还别说，台上的孩子们还就她适合演荷叶呢。她高高地举着画有荷叶的小纸牌，仿佛真就举着一片荷叶。

……

小鱼来了，

在荷叶下嬉戏。

雨点来了，

在荷叶上唱歌。

……

"荷叶"在富丫头的手里，一会儿晃到左边，一会儿晃到右边，仿佛在感受风的吹拂，又仿佛在感受雨的重量。小鱼和雨点也都用稀奇古怪的自创动作配合着富丫头，讲台上顿时热闹到了高潮。在近乎聒噪的喧哗中，刘小水默默地看着富丫头。这是她的富丫头，在省城生，在省城长，好运气的富丫头，出生的时候是在省人民医院，这可是省里最好的医院啊。幼儿园上的是燕庄村自己的幼儿园，别看是城中村的幼儿园，水平还真不错呢，还是双语呢。到了上小学的年龄，本来以为没有省城户口，上不了好学校，没想到凑巧碰到了上面的政策，说是给民工子弟寄读提供条件，一丝一毫力气没费，她就上了这个区里的重点。这个富丫头，这个和城里孩子一样连米和面从哪儿来都不知道的富丫头，这个从来没见过庄稼怎么长大的富丫头，刘小水知道，富丫头这一辈子是不会再回乡下了。她赶上了好日子。

——好日子。什么是好日子呢？昨晚男人和她在枕头上聊到以前的一个邻居，开出租车的那家，在燕庄住了十来年，去年终于攒够了钱，付了首付置了新房，欢欢喜喜地搬了出去。男人说进货的时候在街上看见那家的出租车了，男当家的载了个描眉画眼的小女人，两人有说有笑，一看就是腻得过了头儿。

“人家可熬出头了。”男人说。毫不掩饰自己的羡慕。

“等咱有钱了，我不拦你。”她说。男人也曾是荒唐过的。小小的。

男人扑哧一声乐了：“那你也找一个，我也不拦你，啊？”

两人都孩子般笑起来，仿佛在说着一件最好玩的事情。要说，男人还算是好男人呢，还对她说这种疯话。要是还在乡下，别说叫他说这种疯话，就是她自己去说一句半句的，他就得把她打个半死……可是，真的也是疯话呢。有钱买新房了就是好日子吗？有钱了再找一个就是好日子了吗？有钱了……刘小水想起富丫头给她讲的那个“未”字：“老师说，未字就是没有的意思。”

“跟木没关系吗?”

“老师没说。我猜可能有关系，只是可能啊——”富丫头说话越来越讲究了，“我猜啊，‘未’指的可能是树梢没长出来的那部分。”

“未就是没有……”刘小水不甘心，“那未来呢?不都喜欢说未来怎么怎么的吗?”

“就是因为还没有，大家才爱说。要是有了，那还有啥可说的?”富丫头说得很圆。

刘小水不吱声了。未就是没有。她没有想到这个。怎么会是这样呢?未怎么会是没有呢?

九

孩子们还在台上，又开始了新一轮的表演。这次表演的核心是几个重点词。老师的词是“热情”，笑得跟什么似的。“小雨滴”的词是“透明”，这个词把他难为得不得了，小鱼的词是“游”，蝴蝶的词是“穿梭”……台上和台下都笑声连连。刘小水忽然觉得这种表演有点儿荒唐。把句子从文章里单剥出来，又把词从句子里单剥出来，这不就跟把庄稼从地里单剥出来一样吗?这不就跟把一天从长长的日子单剥出来一样吗?——这不就跟把这一刻从这一天里单剥出来一样吗?这可不就是有点儿荒唐吗?

刘小水不能想象。她不能想象这种单剥。她忽然觉得自己就是那个被单剥出来的字——木。自己就是那个木，是被从“林”里单剥出来的那个木，是被从“森”里单剥出来的那个木。余钱和富丫头就是她的“末”。终归有一天，她这棵“木”会把

“末”留在城里，然后和同样是单剥木的男人回到他们乡下的“本”里去。

而“末”呢？

——末就是没有。

看着台上的富丫头，刘小水的心里一绊一绊地疼痛起来，仿佛富丫头远得像电视里的人，电视一关就不见了。

……

荷叶像一柄大伞，

静静地在荷塘举着。

……

老师让富丫头表现的重点词是“静静”。讲台上的她果然一动不动地举着那片莫须有的荷叶，像一尊小小的雕像，很庄重。当然她的庄重引来的仍然是一阵欢笑。刘小水忽然明白自己为什么不喜欢荷叶了。自己这一辈子，可不净当荷叶了吗？顶风冒雨，下面还养鱼养虾养藕……一瞬间，一种莫名的委屈感汹涌上了刘小水的胸口。她突然觉得自己怎么就过得那么可怜呢？日子是越过越好了，她知道。——她都能坐在省城的学校里看富丫头表演荷叶了，这还不好吗？可为什么她还是觉得自己过得可怜呢？是因为一天赚不到一百块钱吗？是因为从早到晚的辛苦吗？好像都有那么一点点儿。可是要是一天能挣够一百呢？如果一天能挣两百甚至三百呢？就不可怜了吗？要是自己什么都不干，清清闲闲的，把胳膊揣在袖子里，整天坐在马路牙子上看野景，要是这样都有人论天儿给自己送两三百块钱呢？——当然这是说胡话——可真要那样的话，那自己就不可怜了吗？可怜。刘小水还是觉得自己可怜。她有些糊涂了。她不知道为什么她就觉得城里的自己和乡下的自己，忙着的自己和闲着的自己，赚钱的自己和不赚钱的自己，赚小钱的自己和赚大钱的自己，一切一切的自己，都是那么可怜呢。

刘小水难过起来。她的难过越来越深，越来越深。下午最后一缕阳光很温柔地照在她的身上，这让她更难过了。她不知道自己是怎么了。自己这是怎么了呢？都不像平日里的自己了。自己怎么就不像平日里的自己了呢？可她就是难过。就是控制不住自己的难过。

富丫头已经表演完了。她的完成当然意味着全剧的完成。台上的富丫头规规矩矩地，有模有样地朝台下鞠了一个躬。其他的孩子也赶紧跟着富丫头鞠了一个躬。哗哗的掌声里，刘小水深深地低着头，一手拎着“甜蜜蜜”，一手去捂嘴巴。她的内心充满了羞愧和恐惧。她知道掌声一停下来，全屋子的人都会听到她乱七八糟的哭泣声。

取 暖

“师傅，停车。”公共汽车刚刚绕过花坛，他站起来说。

售票员看了他一眼，眼神里似乎有一些不满，仿佛在责备他没有提前打个招呼。但是在车停下之后，她还是使劲把油腻腻黑乎乎的门推开，说道：“走好。”

其实他也没想到自己会在这里下车，不过在这里下车也并不意外。对他这样的人来说，到哪里下车都可以。他之所以要在这里下车，是因为实在太饿了。

腊月二十五，他被放了出来，带他出来的“政府”拍着他的肩膀说：“我们放假，你小子也放假，我们放的是短假，你小子放的倒是长假。过年去吧，敞开怀吃！”

他犯的是强奸罪。

谁也没想到他会犯强奸罪，包括他自己。从小到大，他一直是个有口皆碑的乖孩子，不笑不说话，见面就问好。回家也帮父母干活，学习成绩一直在中上游，没有给父母丢过脸。后来考上了省里最好的大学，每月回一次家，非常规矩、规律。这是他的白天。

不知道别人的黑夜怎样，他的黑夜是另一副样子。

他想女人，从十六岁那年在地摊上买过一本叫《香艳楼》的书之后就开始想。想得要死。起初的想是漫天飞流的礼花，乱。没有一个明晰的对象，只要是女人就可以。女人常常是在梦中，模模糊糊的一片白，向他走来，还没走到他身边，就像礼花的尾巴消失在空中，了无痕迹。上了大学之后，功课没那么紧了，身边的同学也都成双入对起来，他便也谈了恋爱。夜里还做那种梦，但梦里的女主角却越来越清楚，而且换得还很勤，故事也越来越多，几乎每一个入眼的女生，都和他有过柔情缱绻。

当然，梦只是梦。梦想成真的最切实的目标还是他的女朋友。一瞬即逝的礼花长成了精准导弹。他像解方程式一样步骤明确绞尽脑汁地去解她，进攻她，一次又一次。可总是在最后关头被她拦截。“不行，不行，这不纯洁。”她总是这么说。她和他一样来自乡下小镇，守得紧。

那天夜里，他们去学校附近的一个影像厅去看碟，看到某女性角色在那些男人面前显露自己体毛的镜头时，他觉得浑身的血都沸了。他抱住她，她没拒绝。可当他把手往她的裙腰里伸时，她忽然恼了，跑了出去。

他跟了出去，却已经看不见她了。他一个人无精打采地走在路上，斜穿过一个街心公园时，看见了那个女人。那个女人躺在地上，支棱着双腿，一动不动，散发着一股呛人的酒气。刚开始时他吓坏了，以为是个死人。后来他慢慢走近，发现她还在呼吸，而且呼吸得很均匀。他把手放在她的鼻子下，她一点儿察觉都没有。他这才明白她是喝醉了，在这里酣睡。

女人长得很一般，但是身材很好，腿修长匀称。她穿着一条长裙，没有穿袜子，裙子被支棱着的腿掬了上去，连内裤都一览无余。女人的内裤非常窄小，上面绣着隐隐的暗花。

向天发誓，刚开始时，他真是想做件好事，把她送回家的。一个女人深夜躺在这里，危险是显而易见的。他的学校在这座城市的西郊，夜里的行人本来就很少。

“喂，喂。”他把裙子给她放好，拽她。

女人不动。明明不胖的女人，拽着时却死沉死沉。他又拽了一次，女人依然没有一丝反应。第三次拽她的时候，他一着急，抱住了女人，女人也揪住了他。

“不要走，不要走，留下来陪我……”她喃喃着，哼哼唧唧，带着点儿撒娇和放荡。她把他的手按到她的胸上，重又睡去。他的头一下子就大了。她软绵绵的腰，她丰满得要爆炸出来的胸，她内裤下面透出的神秘的黑丛，她全身散发出来的甘冽的体味……她是女人，是他如渴思浆如热思凉的女人。这是个机会。

车越来越少，行人也越来越少。他守着这个女人，矛盾着，煎熬着。零点过后，他算了算，已经有一个小时没有人打这个街心花园路过了，女人还在睡，似乎要一直睡下去。

他终于蹲了下来，拨开了女人的内裤，看见了那个魂牵梦萦的秘密。然后，他用小刀把女人的内裤一点点切开，让自己的秘密闯进了女人的秘密里。在他动的时候，那个睡梦中的女人似乎是很舒服的，甚至有几声轻微的愉快的呻吟。可是当他结束了之后，她睁开眼睛，一切就都变了。

他被开除了学籍。在看守所待的两个月间，母亲从始至终都是像祥林嫂那样自言自语："他怎么这么傻啊。"父亲只说了一句话："这么没出息的罪，还不如杀个人呢。"女朋友给他转来了一封信——当然是绝交信，痛斥他"下流，无耻，龌龊，肮脏，卑鄙，让全世界人都恶心"。

他被判了六年，因为表现好，减了两次刑，住了四年。服刑的监狱离家有五百公里。四年间，母亲去看过他一次。

脚挨着土地的一刹那，他打了一个趔趄。坐得太久了，酸麻的腿让他有些失重。他背着一个深蓝色的旅行包，上面洒着黄色的小圆点，如同夜空里的星星。星星上印着两个硕大的连体字：北京。下面是一排相应的汉语拼音，也是字母和字母搅缠在一起，很热闹的样子。包的上半部分明显是瘪的，这使包看起来很轻。

天正在下着小雪珠。很机灵，很调皮的那种，到手里，唰地就没有了。不仔细体会，连瞬间的凉润都是察觉不到的。到了衣服上，也是一刻间就消失了。弹到熙熙攘攘的路上，更是无影无踪。只是当人深吸一口气的时候，才会觉得鼻子里多了些冰辣的味道。

这是一个小镇，可也不是很小，比他家住的那个小镇似乎还要大一些。不过仿佛也是连一条正经的大街都没有。他走的这条，一定就是最宽敞的了。相当于长安街在北京了吧。

这种小镇的格局，他是熟悉的。左边是"幸福烩面馆"，右边是"小玉粮油店"，前面是"换面条"，旁边一行小字：一斤面换一斤二两面条；特细，二细，一细，一宽，二宽，特宽。这些都是面条的型号。再往前是"黎民百货"，门口还放着一张铁丝床，床上用木板压着一摞春联，春联上面还覆着一层油布。过往的人们没有谁看它一眼。这会儿，哪家的东西只怕都备齐了。他沿路过来，已经看到好些人家都贴上了，红红的，青青的。贴青联的人家肯定是白事不足三年的。这些习俗，从他小时候起就这样。

今天晚上，是大年夜。

街实在是很短。他从南走到北，又从北走到南，没有看见一家饭店开门。所有铺面的卷帘门都拉下了帘，如同秋天的扇面，不动声色地裹着一股寒意。

肚子咕噜咕噜地叫着。他真是太饿了。当然，到百货店里买包饼干也不是不能垫垫，关键是，他已经两天没有热热乎乎地吃上一顿面了。天生就是吃面的命。这会儿，要是能吃上一顿面，喝碗清面汤，该有多么好。这两天，他基本上都是在汽车上过的，下了这辆上那辆，就是想离家越远越好。晚上随便找个旅馆，一蒙头就睡，第二天继续上汽车。一直赶到现在，吃的都是饼干。再吃下去，他觉得自己身上都变成饼干肉了。

“请问，哪儿有饭店?”他拦住一个正路过他身边的女人。女人腋下夹着一捆腐竹，匆匆忙忙地向前走着。听见他问，似乎被吓了一跳，随即呵呵笑起来。

“没有了，都关门了。回家过年呢。”她说。

“一家也没有?”

“没有。”

愣着的当儿，女人已经走远了。

他知道自己下错地方了。

雪下得比方才密了。然而没有风裹着，下得似乎还有些犹疑。疏疏的，大大的朵片一点儿也不着急地盘旋着，迟迟缓缓地悬着，然后，低，再低，直到挨着了那些能挨着的物事。渐渐地，在屋顶，在路边，在所有人动不到的地方，涂出了些水粉一般的轮廓。

他从包里取出伞。伞是鲜黄色的，非常好看。这是他在监狱里劳动时亲自生产制作的，是他们的日常工作内容之一。伞面上印着“一路走好”。在他们监狱，每一个刑满释放人员——这两年已经叫“归正人员”——的出监仪式上，“政府”都会赠送给当事人一只礼盒，盒里有一本《公民道德规范》，还有这把伞。

他撑开伞。傻站在这陌生的街上，有一种引人注目的滑稽。他重新走了起来。走了一会儿，他看见刚才那个女人又从一个巷口奔出，肩上落着零零星星的雪花。这次她手里拎着两捆粉条。

“那，请问，有没有旅店？”他跟上去，问。女人站住了。大约对他如此迫切地想找一个吃饭睡觉的地方感到好奇，她使劲看了他一眼：“没有。”

他不知道该说什么了。

“你在这儿没有亲戚朋友？”女人问他。

“没有。”

“那你来这儿干什么？”

“回家。路过这儿。”

“哦。”女人发出一声短促的感叹，眼神里有了一点儿同情。大年三十还得赶路，是够凄惶的。

“有没有哪一家能让我住一夜的?”他连忙抓住这点儿同情，“请你帮忙介绍一下，价钱好商量。”

“大过年的，”女人皱着眉，“哪家人都多。”

他们说话的时候，有人叫那女人“四婶”，有孩子叫那女人“四奶奶”，女人都答应着。一个骑自行车的男人干脆停下来听着他们说。

有一个女人，打着红伞，路过他们身边的时候，和“四”互相看了看，谁都没说话。女人走了几步，回头又看了看他。他知道女人是在看他，他没有看女人。已经几年没正经接触过女人了，他简直不知道该怎么面对女人的目光。不过不用看他也知道，女人很年轻。

“四婶，”骑自行车的男人扑哧笑了，悄声朝打红伞的女人努努嘴:“小春家不行吗？正缺着呢。”

“要说你去说。我不管这账。”“四”笑着，走了。骑车的男人也猫着腰，紧蹬着车，顺进了一条小街。

小春。一个茫然的名字。小春家。一个茫然的地址。缺着？一定是男人。别是个寡妇吧。

他走进“黎民百货”，要了一盒烟。一边抽着，一边继续往前走。

这烟有点儿呛。或许是他几年都没抽过烟的缘故了。他舍不得抽。这四年，家里没给他送什么钱。他的钱，全是自己在监狱里挣的。监狱和保险公司签订了服刑人员短期生活保险业务，只要愿意，每人每月都可以根据自己的实际情况从劳动报酬中拿出一些钱进行个人投保。监狱还根据每个人的具体表现，以当月的有效考核分为标准，再奖励一定数额。四年里，他每月为自己投保了四十元，出狱的时候，领到了近两千。出狱之后他花掉了一些，现在也还有一千五。

为了这些钱，他在监狱里使了浑身解数去表现。“政府”安排的事，他一定会做好。“政府”没安排的事，他也见缝插针地去做。最脏的活儿——刷厕所里的尿碱；最累的活儿——给大厨房的瓷砖墙从上到下清除油渍；最巧杂的活儿——拾掇电器，维修线路，烧锅炉；最危险的活儿——站在七楼窗台外擦玻璃，大冬天，木疼的手，紧抠着里墙，不能往下看，随时会掉下来……这些，都是他抢着干。别人骂他，他置若罔闻。别人打架打到他身上，他躲开。他不想被扣分。扣分就是扣钱。就是这样，他攒了这些钱。他是有福气的，只是自己把福气浪费完了。以后的福气就得靠自己攒了。他知道。

早还没出狱的时候，他就把这笔钱筹划好了，它得派上大用场。他得用这钱给自己，尤其是给父母，夯出一些好日子。他还年轻，二十六岁，还有过头儿。父母却是过一天少三晌，他再不抓紧就来不及了。

“今天我归正了，犯罪到此结束，新生从此开始!”这是他在出监仪式上的宣誓。宣誓的时候，他有点儿别扭，觉得这话有些变形。在心里，他早就把这话说了千遍百遍，不是这么个感觉。仿佛一个每天见面的家人，突然到抹了脸上了戏台子。怎么看都很遥远，怎么咂摸都串味儿。但这话里的核是结实的，是掏他心窝子的。

前天回到家的时候，刚喝完母亲给他倒的一杯水。他正准备把钱掏给母亲，父亲就回来了。看了他一眼，没说话，就进了卧室，再也没有出来。母亲跟进去了一会儿，说："要不，你先去别的地方躲躲吧，过了年再来。你爸爸心脏不好。让他慢慢地把气儿顺下来。"他二话没说就拎着行李出了门，随便上了一辆公共汽车。

他能去哪儿躲呢？认识他的人都知道他是一摊粪。倒是陌生人的眼睛，只怕还可能会觉得他是一枚放干了的点心。

无论如何，他得往前走。要么坐车，可一直没有车来。要么找个人家住下，不然这夜冻可真够他受的。

他决定再问问。

他走进一家理发店。店里有两三个年轻人正在嗑着瓜子打牌。他一进去，他们都停下来看他。

"理发？"一个头发很红的男孩子说。

他下意识地想要去摸自己的头，又停住了。服刑时不能留长发，一层拱出头皮的硬茬，理什么呢？

"打听个事。"他说。

"什么？"

"我路过这儿，想找个地方住……"

"没旅店。"红发男孩打断了他。

"有没有哪家房子宽敞……"

"没有。"

"怎么没有？小春家啊。"另一个男孩子说。他们嘎嘎地笑成一片。在他们的笑声中，他不知道自己该不该笑。很孤独地站着。

“去吧，去小春家。沿着这条街一直走到北头，左拐，快出镇的时候，有一家小春饭店。”

“方便吗?”

“怎么不方便?方便着呢。方便得不能再方便了。”

又是一阵嘎嘎大笑。

他出门。又是小春家。小春怎么了?她是个什么样的女人?会让他们笑得这么暧昧，这么放肆?他的心潮乱起来。不然，就去试试吧。既然她开着饭店，如果不能住，能吃点饭也好的。如果不能吃饭，找个由头喝杯热水坐一坐暖和一下，也是好的。

他走到街的北端，左拐，一会儿，果然看见了一栋白房子。

暮色渐渐地重了，有鞭炮声不间断地响着。也许是因为处于小镇边缘，隔着那么多的树木和庄户，这鞭炮声听起来很奇怪：很近，但不刺耳；也很远，但又不渺茫。似乎有些像电视里的声音开大的效果，把那些棱棱角角都磨柔了。

他走上去。饭店是两间。门上一个木牌，写着“小春饭店”。门前有一棵小树，光秃秃的看不出是什么树，枝杈上挂着一个拖把，硬邦邦地擎着身上的布条，像一个冻僵了的人。玻璃窗很大，上面贴着几行字：

主营　烩面　拉面　炝锅面　炸酱面　手工面

米饭　水饺　精美凉菜　香热炒菜

欢迎光临　物美价廉

对联已经贴起来了，上联是“柴米油盐乾坤小”，下联是“万紫千红总是春”。初读着有些不伦不类，却也别有一种乡村野趣。再一琢磨句尾里藏着“小春”两个字，他就不由得笑了。

他推开了门，一瞬间便闻到了一股诱人的香味，他一下子便断定，这家包的饺子馅儿是芹菜大肉的。

“谁?”一个小女孩的声音。他看见了那个小女孩，四五岁的样子。穿着一件粉白色的外套，头上扎着满当当的细辫子，像个蒙古族娃娃，滴溜溜地望着他。

他笑了笑。

“你家大人呢?”

“妈，有人。”小女孩喊。

一个女人走出来。应该就是那个打红伞的女人。她上下看了他一眼：“有事?”

“吃饭。”他说。他下意识地抹了一把自己的脸。他知道自己穿得很滑稽：裤子太短，衣服太宽。这都是别人给他的。

“今天不给别人做饭。”小女孩说。

“不赶脚回家了吗?”女人问。

“嗳。”

“那，你坐。”女人说，“想吃点什么?”

“什么都行。快点儿。”他实在是饿极了。

油烟机呼噜噜的声音，油刺啦啦的声音，汤咕嘟嘟的声音，此起彼伏地忙碌着，像赶着集。一浪一浪的气息涌出来，侵袭着他的肺腑。小女孩端出一只茶杯放在他的桌上。

“妈说，先喝口热水暖暖身子。”她的声音像嫩豆腐。

蒙蒙的水汽匀匀地润上了他的脸。

他打量了一下店里。店里的格局是两室一厅型的，他站的地方是厅，厅的一角摆着一个玻璃柜，柜下摞着一叠雪亮的大白方瓷盘，大约是平时放小菜用的。玻璃柜后面还立着一个书柜，上面放着几样白酒，全带着包装盒，崭新的样子。厅里摆的全是长方桌子，空间大的摆六座的，空间小的摆四座的。大约是不准备迎接客人的缘故，有几张桌子被挤到了一边，厅中间的地方显得大了起来，摆着一个煤球炉子，他的桌就在炉子旁边。炉子封着，但热气还是毫无阻碍地传过来。厅的东墙上一溜三个门，一个窄怯一些，把手上闪着油光，里面有扑扑簌簌的响动，应当是厨房。女人刚才就是从这里面走出走进的。另两个宽大一些，挂着帘子，应该是雅间。

这个格局，很像是监狱里亲情餐厅的格局。

亲情餐厅是监狱里近两年才设起来的。供服刑人员和亲人聚餐用。还有鸳鸯房。鸳鸯房是给夫妻的，他当然不敢想。就是在亲情餐厅能吃顿饭，他也没想到。母亲前年去看的他。当他接到通知的时候，几乎傻掉了，走路都不知道该先迈哪个腿。母亲几乎是从没有出过远门的人，一千多里，长途汽车，火车，公共汽车，三轮车，全都坐一遍才能到达他服刑的监狱，母亲就这样摸来了。在会见室，他和母亲一人拿着一个电话，却没有说什么，母亲只是哭。开始他也哭，后来他不哭了，他只是看着母亲。母亲老得那样厉害。他知道，她的皱纹，新长的，都是自己一刀一刀刻上去的。旧有的，也是他一刀一刀刻深的。

母亲在监狱的招待所住了一夜，第二天，他们在亲情餐厅吃了饭。四个菜：拍黄瓜，小葱拌豆腐，番茄炒蛋，红烧肉。还有半斤芹菜大肉饺子。他把红烧肉给母亲一块块夹进碗里，母亲又一块块地给他夹回来。他吃。大口地吃。噎得喉咙生疼，香腥得让他想要呕吐。他拍拍胸脯，对母亲笑。

结账的时候，他拦住了母亲："我有钱。"

"贵。"母亲说。

吃完饭，他们又在餐厅坐了一个多小时。母亲说她该走了，赶下午六点的火车。父亲心脏不好，她放心不下。

"妈，好好的。"他说。

"我们一把老骨头就这样了。你得好好的。"母亲说。

他们吃的那顿饭，花了四十八块钱。餐厅给他开了一张大红色的收据，他一直收着。没事就看看。没事就看看。

厨房里的声音单调起来。咣，咣，咣，应该是菜出锅了。女人先送上来一大碗肉丝面，随后又用盘子盛上来一个青椒肉片，还开了一瓶半斤装的"玉液酒"，给他满上。又在厨房忙活了一会儿，端出一大盘香气四溢的饺子，喊着孩子过来：

"一起吃点儿饺子。大年夜不吃饺子是不行的。"

他埋下头吃着，一句话也没有说，一会儿头上就冒出了热气。

窗户外的暮色渐渐地靛蓝了。往外看去，被越来越紧的雪衬着，靛蓝里又现出点儿粉白。他又点上一根烟，听着外面的车声。突突突的是活泼的时风农用三轮车，轰轰轰的是雄壮的双斗拉煤大卡车，嗒嗒嗒的是热闹的小四轮拖拉机，嗤嗤嗤的是安静的自行车。远远地，他似乎还听见有公共汽车的声音传来，咿咿呀呀，匆匆忙忙。

他慌慌张张结了账，拎着东西走出门，那车已经绕过花坛走了——没有人在这小镇的边缘下去，因此它似乎也知道根本不必节制一丁点儿速度，浪费一丝丝多情的停留。

一出来，就不好再进去了。

空中的鞭炮仍在响着。路却陷入了沉寂。他撑着伞站在路边，觉得手脚都冰冷起来。鲜黄的伞在雪中没了鲜气儿。被雪罩着，露出斑斑点点的黄。他踩踩踏踏，踏踏踩踩，暖意如调皮的孩子，总不会驻留太久。一股鞭炮的烟味融在雪里，沿着空气里弥漫过来，浓浓地凝着，像是在冰箱里冻稠了。有行人过来，总要奇怪地看他一眼，他不由自主地往后退缩着，一点一点退到挂拖把的树前，觉得自己也渐渐地像一个拖把了。

“妈让你进去暖和。”小女孩探出头来说。女人已经为他倒好了水。炉子盖掀开了。橙红的火苗一朵一朵绽放着。像一块圆铁开出的奇异的花。

电视上正演着绚丽而遥远的歌舞。小女孩指指点点地跟妈妈念叨着演员的名字。

他们都盯着电视。

“这镇子上，从来就没有旅店吗?”他问。

“没有。”

“饭店怎么全都关了门?”

“都回家过年了。”

“那，你们怎么不回家呢?”

女人不作声。

“我们家就在镇上。”小女孩说。

“那你怎么不回家和爷爷奶奶一起过年呢?”

“我没有爷爷奶奶了。”

“你爸爸呢?”他问小女孩。

小女孩看了他一眼，自顾自地指着电视说：

“潘长江，潘长江!”

小女孩渐渐地有些困乏了，眼神懈怠起来。女人从厨房打出热水，给她洗过，便让她睡去了。

“我走了。”他也站起来。女孩的睡让房子一下子大了许多。他觉得自己再也没有理由待在这儿了。

“不会有车了。”女人说。

他还是拎起了包。有没有车他都得走。

“就住在这里吧。”女人说。

“方便吗?”

女人没有回答，起身走向厨房。他看着她的背影，想起那些男孩子们的话：方便得不能再方便了。

“多少钱?”

女人自顾自走着，依然没有回答他。

一会儿，女人回来了，叫他。他跟着穿过厨房，从另一个门出去。与厨房并排的还有一个门，走进去，是一间窄横的屋子，方位应当是两个雅间的正后面。一个立柜和一道布帘把横长的窄屋分成了两部分。里面铺着一张床，立柜挡着，布帘没拉，他看见了床头。白花绿叶的被子上露出小女孩红艳艳的脸，像被窝里孵出了一只苹果。外面放着一个茶几，两个沙发，一张桌子，桌子上放着台灯、日历和闹钟——也放着一张床，床上方贴的全是奖状，肯定是孩子的。“……该同学成绩优秀，团结同学，热爱劳动……被评为三好学生……”最新的一张，落款是新年的元月，寒假前发的。

“孩子挺出息的。”他说。

女人笑了笑。

床上什么都没有，一张光板。被褥小山一样堆在沙发上。

“我们把它抬到厅里。”女人说。

他站着。

“外间的桌子，拼拼也行。”他说。

“桌子不平。”

他们抬起床，他倒着走，她正着走。到厨房那儿，差点儿卡住。他们倒腾了好大一会儿才勉强把它弄了出去。

女人铺好了床。才九点半，还早。他们又在炉边坐下。默默地看着电视。

“多少钱，大姐？”他突然又问。这话存在心里，到底不踏实。他得问清楚。估摸着不会很贵。刚才吃了那么一顿饭，她才收了他十块钱。

“什么？”女人很困惑。

“住一宿。”

“算了。”女人说，“这又没什么成本。”

“可是太麻烦你了。”

“没什么。”

“店里只你一个？”

"还有几个工，都回家过年了。"

女人的话渐渐多起来。问他是哪里人，做什么事，算了算他离家并不是很远，怎么今天不想着法子回家。除了老家的地址是真的，其他的他都扯了谎——他当然得扯谎。他说他在外面打工，刚回到家就和家里人闹了别扭，一气之下就出来了。家里人个个都比他有出息，都嫌弃他是个打工的。

"年轻人，气性大呢。"她说，"多半是你错处多。大过年的，家里人说你两句，你就让他们说两句。什么嫌弃不嫌弃的。"

"大姐，"他突然想逗逗她，"你也不大。"

"我三十一了，还不大?"

"顶多像二十五六。"

"你就别香埋人了。"女人笑着封了炉子，"睡吧。"

夜越来越深了，但是并不寂寥。鞭炮声隔着层层的墙壁，又添了几分茫远。棉被上有一种很好闻的清香，有点儿像浸了米酒，甜淡甜淡。许久没有闻过这种清香了。他伸了伸双臂，把腿蹬得很直，一股麻酸的细流顺着全身的血管快速地窜游到了全身，一瞬间又集合在了一个地方，让它膨胀了起来。

他屏住了呼吸。

他想女人。从来没有停止过想。监狱里的夜晚，男人们的汗臭掩不住那种腥液的味道。一开始，就有人把他当女人。一天一封给他写情书，承诺给他"政府"之外的所有保护。偷偷塞给他烟和丝袜等一些小玩意儿，洗澡时和他凑一块，干活儿给他搭把手，吃饭时往他碗里夹肉……后来，也有人把他当男人，对他捏着嗓子，扭着腰，飞着媚眼儿，有事没事都绕着他腻腻歪歪挨挨擦擦晃晃悠悠地转几圈儿……他都拒绝了。男人的气息一靠近他，他就浑身起鸡皮疙瘩。他是男人。不是男人他进不了监狱。他在床上要的，只是女人。女人和男人不一样。他为女人犯了罪。可他还是不能不想女人。女人好。

监狱四年，女朋友没有再看过他一次，遥远得像一个梦。他也不再存那份奢望。她是他出狱后遇到的第一个，对他来说，称得上真正意义上的，女人。

这是个什么样的女人呢？他捉摸不透。她是在可怜他吗？可她并不知道他是什么人。她想赚他的住宿费吗？可她明明说“算了”。况且，以她生意人的精明，难道不知道和他同住一间的危险要远大于住宿费的利润吗？她看起来并不愚笨，可做的事情却有悖于最基本的常理。他不过是个陌生的路人，她为什么要对他这么好？好得实在有些可疑，有些不通情理。

正缺着呢。方便得不能再方便了。他又想起那些人的话。她是兼做那种生意的女人吗？他忽然判断。她没有男人，这是肯定的了。一个女人带一个孩子，支撑一个饭店，做那一行确实是很方便的，说不定饭店的生意和这个比起来，也只是捎带的利润。

可她看起来实在不像。当然，不像也不能说明就一定不是。在监狱里听一茬茬的男人说女人，其中就提到过一种女人，说这种女人看起来很正经，很正常，一点儿也不风情，甚至古板得要死，可是一到男人身下就成了落花流水，天上人间。

他觉得自己浑身的火就要着了。如果她真是那种女人，她会要多少钱？他该怎么办？做不做？就这么挺着等她喊？或者自己先喊她？女人有时候是会装装羞的。她男人不在家，她或许早就熬坏了吧……这种小地方，肯定不会很贵。或者，干脆不给她钱？谅她也不敢把他怎么着。她强不过他。她还有个女儿呢——不过，还是给她吧。她对自己不错。要不是她，今天晚上他就成冰凌了。她也不容易。

他打定主意，如果她来找他。他就做。这回即使被人发现，也算不上犯法了吧？顶多是个拘留，正好有地方过年了。反正回去也没人看出他的好来，他妈的痛快一把是一把吧。

墙上的表滴滴答答地走着，像细碎的女人的脚步。在这脚步里，女人真的起来了。他听见她打开一道又一道门，轻轻地，来到厅里。摸索着朝他的方向走过来，他赶紧闭上了眼。

“睡了吗？”女人问。

他没有回答。

女人在桌边停下，猫一样在抽屉里轻柔地抓翻着什么东西，似乎有一滴滴微微的透亮的叮叮当当的金属响，仿佛雨珠落在了剑上。他一动不动地躺着。她在找什么？刀子吗？她以为他会有多少钱？血里的浪头涌上去，又落下来。他忽然有些明白了她的小店为什么要开在小镇边缘，为什么大年夜里还会留他住宿吃饭。另一种可能在逼近着。

女人走到他的身边。他静静地躺着。

“喂。”女人低低地喊。

他沉默。

“喂。”女人俯过身，氤氲的汗香随着她的呼吸探过来，罩着他的肺腑。在眸缝里，他又看见女人眼睛里的亮，一闪一闪，毛茸茸地扎着他，又热又痒又疼。他格外分明地听到自己的喘息，风箱一样。

女人伸出手，推推他的被子：“快十二点了，你起来帮我放炮吧。”

他蒙怔了片刻，起身，披上衣服，两个人来到门外的一小片空地上，女人把火机和炮递给他。炮响了起来，迫炸着他的耳膜。已经很久没有放过炮，也很久没有听到过这么近的炮声了。他震了震，仿佛骨头末子都被震了下来，却又被震得浑身漾暖。炮的亮光炸得他有些晕眩，他不由得眯了眯眼睛，有火星跳跃着弹过他的手臂，勾起一片片温麻，让他觉得自己的皮肤仿佛喝了一股刚出锅的姜水。火花的明灭中，他看见了女人的脸。女人有些兴奋地用手捂着耳朵，胆怯中含着几丝娇媚。她的头发有些蓬乱，眸子上镀着鞭炮映射的星星点点的晶莹。

“会不会吓着孩子?”他问。

“不会。”女人说，“我用枕巾给她堵着耳朵呢。”

回到屋里时，方才鞭炮的明亮一下子把屋里衬得很黑。女人扭开了一盏台灯。他坐在床边，等女人去睡。可女人没有立刻就走。

“先别关灯，我一会儿就来。”她说。

一会儿就来？一会儿来干什么？这句话有意思。她要他等她。她到底还是要他等她了。

他蹑手蹑脚地跟过去，听见女人打开柜子找东西的声音。他挪到门缝那儿，看见女人翻出的桃红色衬衣，粉绿色裙子，宝蓝色内裤，柳翠色胸罩……她是在找避孕套吗？听说做这一行的，都得有这个。

血又跳起了舞，空气重新变得异样起来。他回到床上。用手抓住床单，一下一下地揉着。他不是毛孩子了，得坚持到最后。

女人终于过来了。

“给你。”女人把一件东西扔到了他的床上。

是一条男人的秋裤。

“你的秋裤腿扯了，”女人说，“明天我给你补补。”

他的脸割颤了一下。他全忘了。他的秋衣秋裤两侧都压着两条粗糙的白边，这是犯人服的标志。许多人出狱时都扔掉了，他没扔。他没有多余的秋衣秋裤。反正穿在里面也没人看见，他原本这么想。

他看着她。

女人又从口袋里翻出一张纸，递给他：“你的东西，刚才结账时，掉地上了。孩子捡着了。忘了还你。”

是那张他和母亲在亲情餐厅吃饭的收据。他一下子坐直了，接过来。

“睡吧。”女人也看着他，“孩子的爸爸，也在里面。八月十五，我去看的他。也是在亲情餐厅吃的饭。”

他不再看女人。只盯着那条秋裤。

“犯的什么事？”许久，他问。

“故意伤害。”女人说，“镇上一个流氓把我糟蹋了，孩子他爸揍了他。把他打残了。”

他们都沉默着。寂静中，他们听见了雪落的声音。

“那个人呢？”他终于问。

“还在这镇上。”女人说，“我不懂，没留证据，告输了。不然，孩子他爸也不会下那么重的手。”

“睡吧，”女人又说，“明天就回家去。回家多好啊。不管怎么着，家里人也是盼着你回家的。”女人关掉了灯：“再有两年，他就能打上你手里的黄伞，出来了。”

他仍旧坐在那里。女人还站着。雪光映着，如月光一样，屋里的轮廓一寸一寸地朗净出来。

女人忽然想起了什么，把窗户打开了一道两指宽的缝。

“屋里有炉子，别煤气中毒了。”她说。

一股清甜的气息顺着窗缝挤进来。透过那道窗缝，他清晰地看见，窗外的雪，如层层的纱布一般，下得正好。

塔拉，塔拉

——致我呼伦贝尔的朋友

一

那天，将近21点的时候，飞机接近了地面。我一直看着窗外，月亮大大地挂在夜空上，毛茸茸地亮着。大地似乎是一片黑。仔细看，又不是全黑，能看出大片大片的灰白。我想象着自己把手放在那片灰白上，那一定是极度的寒凉——那是雪，我确认。后座上的两个人也在议论那些灰白是不是雪，最后他们都肯定地说不是雪。我听着，默默地笑。看来他们对呼伦贝尔的了解程度尚不如我。资料上说，呼伦贝尔一旦下了雪，这雪最起码会和人们待上半年才会走。雪意味着河流，意味着牧草，意味着灭菌……怎么能没有雪呢？对于呼伦贝尔而言，雪是另外一种意义的土地。

终于降落。我和老二去取行李。行李转盘旁边挤挤挨挨一堆人。没办法，这是个小机场，就一个转盘。站着站着，我已经不自觉地围严了围巾，又罩上了羽绒服的帽子。尽管如此，脚上的靴子也很快变得凉刷刷的，我开始觉得自己仿佛置身于一个巨大的冰箱中。这冷，果然是零下三十度的气势。

“喏，不错哎。”老二拿胳膊肘撞了撞我的腰。我转脸，一眼就看见了那个男人，他站在出站口，正拿着一张 B3 纸，上面粗粗拉拉地写着我们俩的名字。

“好像，跟网上的照片不大对。”我说。

“网上嘛，就是网上。一个大活人从网上下载下来，哪能不走点儿样儿？”

取过行李，我们直直地朝着那人走过去，他正看手机，一副漫不经心的样子。个子足有一米八，络腮胡子，短棉袄牛仔裤运动鞋，眉眼单看很平淡，可是凑到一起就有一种特别的味道。什么味道？一时间还说不出来。我和老二走到他身边的一瞬间，他才抬起头。

“嗨！”

“嗨。”

“你是马哥吧？”老二笑意盈盈地伸出手。

“不是。”他浮皮潦草地和老二握了握，“小马昨晚上喝多了，车翻到了沟里，人在医院，没法子接活儿，抓我的急差。”

老二收起了笑。我和老二相顾彼此，顿时凌乱。

“怎么也不打个电话说一声？”

“他电话摔坏了，还没顾上买。”

老二上下打量着他。我们沉默着。他把话又重复了一遍，道：“跟我走吧。”然后戴上墨镜，接过我们手里的行李，大步流星朝向门口。看起来事情就这样了，一点儿没得商量。

“嘿。”老二说。

我和老二是知己知彼臭味相投的闺蜜。都说闺蜜性情相近，在我们俩却不合例。她整天像上了发条一样活泼，手脚嘴巴包括头发丝儿都像患了多动症；我是只闷葫芦，一般没话的。老二说她就喜欢我这样闷的，我闷了才能由着她活泼。她活泼过头儿的时候固然讨人嫌，不过一般情况下我也还挺喜欢她的活泼。她活泼的最突出的特点就是好奇心重。因为这份儿好奇心，我们俩吃过郑州市所有新开的餐馆，像私家侦探似的偷窥过“吸血鬼联盟”，网购过各种莫名其妙的东西……我平时就叫她“老二”——老是经常二。她呢，收敛的时候叫我“老大”，猖獗的时候叫我“小三”。

来呼伦贝尔过元旦佳节，自然是拜她所赐。她一直吹嘘在网上联系的导游小哥五官帅、喉结帅、大腿帅、人鱼线更帅……总之帅得没天理，似乎到了呼伦贝尔只看他本尊就值了飞机票钱。“再说，我也很久没有看到雪了。”她眨巴着一双近视的大眼睛。

这下可好，既看见了雪，也看见了雪脸。我看着老二苦巴巴的脸窃笑。

大冰箱的空气哇凉哇凉，清新刺激。生活在全国人口第一大省的省会，整天呼吸着稠乎乎的雾霾，乍一享受起没有任何添加剂的单纯空气，强悍的肺还真有点儿小兴奋。看着窗外，老二毫无节制地赞美着目所能及的一切：白塔，冰雕，玛尼堆，经幡，以及茫茫雪原。兢兢业业地赞美了好一会儿，开车的人没有任何呼应，只是面无表情地开着车。

“您，贵姓?”坐在副驾驶上的老二终于开口问这件重要的事。

“叫我塔拉。”他说。

“塔拉，什么意思啊？”

“没意思。”

我和老二你看看我，我看看你。好吧，没意思。摊上了这么一个大爷，还有什么意思？

中间他接了一个电话：“还是很危险，你多操点儿心。就剩下这俩哥们儿了，一个都不许死，我要活的。”他阴沉着脸：“我明天过去。”

老二朝我吐了吐舌头。听这调调，简直是黑社会呀。

二

吃饭的地方是诺敏塔拉奶茶店。店不大，不过一看招牌就很有年头。塔拉显然对这里很熟，漫不经心地跟老板和服务员们打着招呼，一副宾至如归的架势。

“来朋友啦？”

“哦。”

内蒙古我曾来过两次。2005 年第一次，去的是锡林郭勒草原，2011 年第二次，去的是科尔沁草原，无论是牛羊肉还是奶酒奶茶，我都很适应。不过也只是适应而已。而在这家奶茶店，适应已经变成了喜欢。我坐定，一气儿喝了六碗奶茶。这里的奶茶和我平素喝的迥然有异，既不那么滑柔浑腻，也不那么浓甜稠糯。如果说那些奶茶像是绸缎，那么这里的奶茶像是棉麻，微咸，稍涩，含着醇厚清新的谷物之香，既意外又合心。油果子也好吃。当然最好吃的还是牛羊肉。手把肉端上来，还没入口我就已经预感到了它的鲜嫩肥美。

“等等，”塔拉挡住我和老二的手，拿起小刀，找到最好的部位，切下三片，放在一边。然后再给我们切好，送到我们的盘子里。

“干吗呢不吃？”老二指着那三片肉。她是第一次来内蒙古。

“敬天敬地敬神灵。”我说。

塔拉赞许地点点头。唉，真是奇怪，他明明是个代理地陪导游，怎么就把自己弄得跟个领导似的？不过看他点头，我确实很开心。

经典的手把肉需要配经典调料，芝麻酱、韭菜花、腐乳都在其列。直接把白煮羊肉蘸着调料吃，鲜香的味道从每一丝肉里面透出来，舌尖上的味蕾都在跳舞，胃里的细胞也都在欢呼。

“你，这个不行。”塔拉从骨碟里把一根骨头挑出来，重新拿给老二，“肉要吃干净。”

“很干净了呀……还不干净？”老二嘟起嘴。我眼睛瞄向塔拉的盘子，天啊，每一根骨头上连一点点肉丝都没有。再看看自己的骨碟，比老二的干净一点儿。有老二垫底儿，真好。

“我觉得挺干净了。”老二把骨头又放回骨碟。塔拉没再理她，继续埋头苦吃。

“诺敏塔拉，诺敏塔拉……对了，你叫塔拉？”我问。得调节气氛不是？

“对。”

老二看了看我，我瞪了她一眼，知道她想说什么。

“这店，你家的吧？”老二还是问了出来。

“朋友的。”塔拉说。

“那么，你朋友叫诺敏？”

回答她的是塔拉专注吃肉的声音。老二又意味深长地看了我一眼，眉梢眼角都是聪明自得：朋友的，合伙人？怪不得把我们拉到这里来。他会拿多少回扣？

“吃好了吗？”塔拉把刚刚啃好的骨头放进骨碟，朝门外喊，“来人，结账。把剩下的东西都打包。”

酒店是天骄宾馆。一看就是取自“一代天骄，成吉思汗”——自动抹杀了后面那句“只识弯弓射大雕”，都挺会自我欺骗的。一个标间，网上预订六百块。

“钱交了没？”

“没。”

“真贵。”塔拉说。

“有便宜的？”

“当然有。”

“多便宜？”

“想要多便宜就有多便宜。”

老二看着我，我看着窗外。已经将近十一点了，人生地不熟，这么黑的夜。

“贵点儿贵点儿吧，钱花到哪儿哪儿值。”老二说，“今天就这里了，明天再说换地方的事。”

“你们和小马当初定的什么行程？抛头去尾，净时间就两天，跑不了多远。”

“行程……”老二开始掰着指头数，“逛俄罗斯商城，玩狗拉雪橇，看冰雕、雪挂、树挂，逛西山公园……”她一边说着一边对塔拉察言观色，声音渐次低下来。

“就这些？要不要打雪仗、堆雪人什么的？”塔拉嘴角上扬，毫不掩饰讥诮。

“对对对，还有一个天天那达慕！赛马，摔跤，射箭，喝马奶子酒！”

“天天都有的那达慕，”塔拉索性冷笑起来，“那能叫那达慕？”

“说是我们游客都能玩。”

“所以说，那还能叫那达慕？”

“那你说玩什么，你说！”被羞辱了多个回合，老二有点儿置气。

“先睡觉吧。不用起太早，明天十点左右我来接你们。这之前俄罗斯商城不开门，”他说着，转身欲走，又停下，“八点多有个冬泳表演，在伊敏河。你们起得早的话就去看吧。”

一进房间就被热着了。温度计显示也是三十度，零上。从零下到零上，一道门就是六十度。身上顿时汗意涔涔，便迅速地脱衣服。啧啧，瞧这待遇，不是零上三十度，就是零下三十度，别无选择。

这很好。我喜欢。过山车也不过是这种玩法吧？

洗漱完毕，二人躺下。我还没说话，老二就一顿自我检讨，说这几天假去哪儿不好，来这冻死人不偿命的呼伦贝尔，本来想着导游很靠谱，现在看来都泡汤了。摊上了这位塔拉，话少得跟金子似的，脸板得也像零下三十度。

“其实，人家就是比较酷嘛，看着还挺好的。”我安慰她，“人家不是职业导游，虽然没有甜言蜜语，肯定也不怎么会耍滑头。”

“那明天怎么办？”

“听他的呗。反正咱们倒腾到他手里了，看他能把咱们怎么着。咱们不怕他。三个臭皮匠顶个诸葛亮……”看她瞪我，又改口，“何况咱们两个诸葛亮呢。”

三

第二天早上，老二七点起床，死拉活拽地叫醒我，洗漱完毕，吃过早餐，才刚刚八点。出门，打车，直奔伊敏河去看冬泳。

“不就是游泳吗？你这么大的劲儿。”

“这是零下三十度的冬泳好不好？你一辈子能见几次？”

好吧，我承认，我一辈子可能只见这一次。

太阳很好，但是没有丝毫暖意。凛冽清亮的光芒仿佛只是发挥着照明作用，功能仅限于一盏灯。——零下三十度冬泳，这在我以往的经验里简直不能想象。冰封的伊敏河宛如一条白龙延伸至远方，因为冬泳，一小段龙身被挖出一泓长方形的水面，河水像心脏一样裸露了出来。我走到近前，看着清澈的黑灰色河水。这就是冬泳的舞台。

很快，冬泳表演开始。男的，女的，胖的，瘦的，专业的，业余的，轮番秀着他们的技艺和胆略。但见他们在池边站定，随着口令扑入水中，一瞬间如蛟龙入海，击打得水花四溅，波浪汹涌。以迅雷不及掩耳之势游完后，他们上岸披上浴巾，英雄似的挥手致意，接受人们的欢呼喝彩。他们的身体被冻得紫红紫红，仿佛是正经受着酷刑，可是人人脸上又都笑容灿烂，仿佛正体验着极大的享受。这是我不能理解的境界，可我钦佩得不行，不由得想起网络上的新词“不明觉厉”——不明白，但是觉得很厉害。

看着他们的笑容，我和老二也非常欢乐。这样的情境下，不欢乐简直是不行的，因为所有的人都是那么欢乐。

“卖糕的，卖糕的！”老二突然大叫起来，拼命地朝着一个地方挥动双手，“卖糕的！”

发什么神经呢？我朝着她挥手的方向看去，卖糕的，原来是塔拉！他正披着浴巾，戴着泳帽，站在泳池旁，准备下水。听见老二的狂呼，他矜持地举起右手，回应了一下。

口令响起，塔拉扑进了水中。他游在第一个，游得非常快，力量也非常大，后面比他慢的那些人几乎都一直荡漾在他手脚击打出来的水花里。他只换了一次气，嘴巴张得非常大，像一头巨兽。

我和老二早就接应在了泳池的另一端，在他上岸的一瞬间，老二伸出手想拉他一把，被他不屑地闪到了一边。但这丝毫也没有影响我们的情绪。我们为他欢呼，鼓掌，轮流合影。老二把头上的红围巾掬成一朵花的形状奉献给他，他终于灿烂地笑起来。

等他穿戴齐整，我们在河面上散了一会儿步。塔拉说伊敏河一年里有半年时间都是结冰的。这真是宽容的河流啊，它居然能阔绰地拿出六个月时间，放任人们小小的脚步亲吻着它的皮肤，一步一步地在它的怀抱里行走。

我们在上面慢慢地走着，不时会在河面上小小地坐一会儿，河面冰凉，可是我却觉得有隐隐的暖意渐渐升腾起来。

午饭过后，他载着我们去逛街，一路放着欢快的爵士乐，俨然心情大好。我们在一个又一个店铺里流连，试穿轻盈典雅的马皮靴子，欣赏华丽非凡的巨大犴角，抚摸柔软洁白的小羔羊皮……我想买两张羊羔皮，他拦住了："网上买，更便宜。这么远，你带来带去也不方便。"老二说想买两顶皮帽子，他也给拦住了："你们那里暖和，一般用不着的，买回去也是放着。不过，你们没个帽子在这儿也不成。我家里还有两个，一会儿给你们找找。"

"你家的帽子……好看不？"老二问。

"怎么可能不好看。"塔拉说。

真是个傲娇的家伙。

白桦木做的俄罗斯套娃也很不错，可是我认为这个好，老二认为那个好。我犹疑不定地在两个套娃之间挑来拣去，征求塔拉的意见，他说："两个都买呗。一个给别人看，一个给自己看！"

有几家店里都摆放有让我惊艳的巨大犴角，都有着玉树琼枝一般的角叉。我每看见一个就流连半天。但价格也实在吓人，动辄十几万几十万甚至上百万。

"这个，不贵的。"塔拉倒是见怪不怪，"能把角长成这样，犴容易吗？"

"你见过犴吗？"

“没那个福气。”塔拉说，“我爷爷见过。”

“你爷爷是猎人？”

“猎人只是他的身份之一。”

“他很厉害吧？”

“当然。”

从商城出来，沿街看了几个“走向未来”“草原母亲”之类的主题冰雕，我们兴味索然地拍了几张照片。

“雪挂和树挂还去看吗？”他和气地看着老二，“出了城，随便找一处林子都会有。别去西山公园买票了，再说公园里的栈道挺滑溜的，不好走。”

“雪挂树挂什么的，不看都成。早上在伊敏河那边看着也有……”老二撒娇地推搡了塔拉一把，“你应该知道什么好玩，都听你的好不？”

“晚上还住天骄吗？”

“不住了。你不是说有便宜的吗？”

“那跟我走吧。”塔拉说。

“对了，我还是想看那个天天那达慕……”老二话真多啊。

“明天带你们去看，不是天天那达慕，是正宗的冰雪那达慕。”

车向野外疾驰而去，很快，我们就置身于一望无际的银白世界。仔细辨析，白得并不那么单调，而是有着好几个层次：粗粗的灰线是道路，弯曲飘摇的白绸是河流，平展辽阔没有起伏的雪野是湖泊，大片深浅有致的氤氲团墨是森林……呼伦贝尔的冬季原野是一幅素净的大写意，这大写意让我沉默。就连喋喋不休的老二也安静了很长时间，直到一排蒙古包的出现。

“我们要去那里吗？太好了！”

塔拉微微一笑：“在那附近。”

蒙古包越来越近，道路上出现了一个大标牌：“金牧场家园”，一望而知是旅游点。塔拉是带我们来这里住吗？不知怎么的，我有些失望。正失望着，塔拉一打方向盘，从游乐园大门外的那条路岔了出去，开上了一条小路。然后，我们视线里远远出现了两个深白色的点。点越来越大，是两个小小的蒙古包。路也越来越窄，雪也越来越厚，终于，塔拉停下了车。

“得自己走了。”他说，“今晚咱们就住那里。”

四

迎接我们的首先是一群爆炸般的咆哮，然后是一群狗。狗是从金牧场游乐园的大门里蹿出来的，一直跟在我们车后。黑的白的花的，足有七八条。

“没事儿，别怕。”塔拉一边帮我们拎行李，一边站在那里，笃定地看着那群狗。在一二十米之外，那群狗只是在那里站着狂叫，没有一条过来。然后塔拉转身，领着我们走。我们一边跟着他走一边回头看着那些狗，那些狗一看我们在看它们，就又咆哮着跑过来，再然后塔拉停住，和那群狗对视，那群狗又站住……我们前进的节奏就是这么复行复止，迤逦有致。

“你真威风。”老二无限崇拜。

“就那群狗？没一只有劲儿的。”塔拉说。

那群被差评的狗终于放弃了对我们的追逐。塔拉开始大踏步地走，每走一步雪地就会很响亮地嘎吱一下。我们两个也能走出嘎吱声，可加起来也没他的响亮——我从没有听过这么大动静的雪步声。当然，也是因为这里太安静，什么声音在这里都会被夸张放大吧。不远处就是一片平坦的雪野，应该是一个大湖。

狗叫声又喧闹起来，比刚才更热烈。我这才注意到两个小蒙古包后面还有几排低一点儿的房子，难道也有很多狗？有个人拎着一只桶，正在往桶里装雪。另有两条狗摇头摆尾地迎向塔拉，塔拉摸了摸它们的脊背，和它们打了个招呼。

狗声鼎沸。

“这是咱们的狗在欢迎咱们。”塔拉说。

呵，是咱们的狗啊。我顿时觉得狗叫的声音是这么欣欣向荣，生机勃勃。

他说这是他的蒙古犬营地，那排低房子果然就是狗舍。营地远看着很小，走近才发现其实也不小。觉得小只是因为这里的天地太大。营地建好才三个月，刚通上了电，还没有通上水，吃饭饮食的水得到海拉尔去拉，所以平时洗脸什么的就用雪水融化。

“养狗卖狗也是一门不错的生意吧？”老二问题又开始了，“很赚钱吧？”

塔拉没答。他到了营地就开始忙活起来，第一件事就是到了一间狗舍里，抱起了两只狗崽：“前天晚上刚产下的，早产，没想到。我那天半夜里忽然有点儿心慌，总觉得哪儿不对劲，就跑去狗舍里看，才发现。一共生了九个，冻死了七个，只剩下两个还有体温。我放到怀里焐到昨天下午，一直到去接你们才放下它们。还好，总算活过来了。”

两只狗崽卧在他的手掌里，因他手掌的大而显得格外娇小。说这些话的时候，塔拉在狗舍里面，我们在狗舍外面。中间隔着密密的铁栅栏，像是在探监。

“母狗特别护崽。谁敢动它的小狗，它就跟谁拼命。可是，我可以。”他自豪地看着两个小狗崽，“只有我可以。”

然后他进到每一间狗舍里看望每一条狗，和每一条狗说话：“你怎么样？”“还好吧？”“不错啊，长个儿了。”“你这脾气得改改……”

然后他又开始遛狗，遛了好几条他比较得意的，其中有一条蒙古细犬，跑起来轻盈飘逸，非常帅气。还有一条草地犬，长得威风凛凛，像一条藏獒。

“要不要合影？”塔拉建议的热情劲儿像个孩子，让人不能拒绝。于是我们依次和狗狗们合影。合影的时候，塔拉体贴地安抚着它们：“伙计们，忍忍。我知道你们不喜欢这个，可是她们大老远地跑来了，也不容易。你们受点儿委屈，乖点儿……”

两个蒙古包，我和老二住一个，他和查干住一个。查干就是那个装雪的人，塔拉说是他的朋友，他请他过来帮忙的。他平时得在海拉尔住，全靠查干在这里盯着。

“免费的？”老二问。

“当然不免费。”

“那就不叫帮忙，发薪了都。”

“那也叫帮忙。”塔拉说，“给你发薪你来不来？干不干？”

晚饭吃的是简易火锅，其实也就是炖菜。电磁炉里面滚着一锅羊肉汤，随便往里面放着青菜蘑菇粉丝挂面什么的，吃着热乎就行——这里，实在是太冷了。他和查干喝着白酒，话就多了起来。

他说他童年的时候就是两只蒙古牧羊犬陪着长大的，有一次，蒙古包失火，他在包里酣睡，有一条牧羊犬挣脱了锁链把他从火海里救了出来，当时他就在心里发过誓愿，长大后要做回报。他说蒙古犬因为牧人不再游牧，总是在一个地方配种，基因就越来越退化。他现在经常在呼伦贝尔大地上晃荡，搜罗好的蒙古犬品种，让它们交配。交配出来的小犬，他到处免费送给牧民。他说他不要钱，只要他们好好待狗就行。眼下他的营地已经养了五十多条狗，给狗买肉的时候都成吨成吨买。

“那得吃多少肉，花多少钱啊。”我们啧啧。

“有钱了就买呗，没钱了就赚呗。”他说，“十年，我做十年就收兵。他们都笑我，说我傻，做这么不赚钱的事。我管他们呢。”他不好意思地挠挠头，“我以后会赚钱的，赚大钱。”

“你现在花的这些钱，都是什么时候赚的？”

塔拉说他大学毕业后就开始做皮毛生意——他读的是呼伦贝尔大学，他说他从没有太长久地离开过呼伦贝尔——做了几年之后又改行做超市，做餐馆，也做过一段时间旅行社，都挣过一些钱。做旅行社时间最短：“和形形色色的人打交道，挺烦人的。”

我和老二一起翻白眼表示不满，他笑起来。

“所有的动物里，你是不是觉得狗是最理想的朋友？”老二问。

“什么朋友？真文艺。”他撇撇嘴角，“你永远记着，狗就是狗。狗和人之间不可能有真正的友谊。你要做的，就是对它好，驯服它，让它知道，你就是它的主人，好主人。”

然后他说起他的爷爷。他爷爷十五岁就开始买马养马驯马，走遍了呼伦贝尔草原，是一名出色的大马倌，他给东北督军当过马管家，日军占领呼伦贝尔的时候，他为了抗拒给日军的马队服务，戴着手铐从火车上跳下来，摔得双腿骨折，养了两年才养好，他还被苏联红军请去养过马。每次爷爷去看他，都会给他带各种各样的吃食：狍子肉、奶皮子、飞龙鸡、沙半鸡、山丁子果、蓝莓酱……他少年时候就开始跟着爷爷游荡，从一百多里外把三百多匹马的马群赶到莫尔格勒河边的夏营地；和爷爷一起把一张一张的桦树皮钉成一条船；在篝火上烤弯了潮湿的松木，然后弯成圆圆的大车轱辘。

“纯手工？”

“对。”

“那你很小就会骑马了吧？”

“当然。我六岁就会骑马，第一匹马叫大青子。”他看着老二，“别再问我马是不是我最好的朋友之类，我告诉你，驯马的第一步就是用套马杆把马放倒，然后用膝盖和双手紧紧地抵住马耳朵下面的大动脉，勒紧它，能勒多紧就勒多紧。要让马觉得窒息和疼痛，让它知道，忤逆的后果很恐怖。第二步就是那个词，策马飞驰。让它跑快，能多快就多快，不听话就打……感情啊，默契啊，以后再说。”

他还两次跟着爷爷过山——就是过大兴安岭，到东坡茂密的林场去打猎。他说爷爷的气味就是森林的气味，有花香，果香，蘑菇香，阳光香，还有落叶腐殖土的腥香。

“犴呢？你爷爷不是见过犴吗？”

塔拉说爷爷何止见过，还曾经救过犴。一次狩猎的时候，他看到一只小犴把蹄子陷进了树洞里，卡住了。他把它救了出来，放它走掉了。后来他再从那段路走过，就会经常碰到那头越来越大的犴。它已经记住了爷爷的气味，会陪着爷爷走一段。还有一次，爷爷碰到了几个猎人正在围猎一头大犴，那头大犴身上已经插满了猎刀，痛苦不堪。爷爷把犴头抱在怀里，掏出自己的酒壶，把六十度的老白干慢慢灌进了大犴的耳朵，让大犴在迷醉中睡去……

“爷爷，他高寿？”

“要是在的话，今年九十岁了。他去世已经二十年了，埋在海拉尔河的右岸。那儿地势高，海拉尔河是从大兴安岭流出来的……”塔拉眼睛里闪烁着泪光，“打墓的时候我们把那个地方的草皮掀起来一块，事后又原样把草皮安放好。头七那天，我和爸爸伯伯们去看，那草还是绿茵茵的……真叫人放心。”

我和老二也都泪水盈盈。查干看了看我们，微笑着走了出去。

“现在的呼伦贝尔，多少年都见不到犴了。”塔拉长长地叹了口气，走到蒙古包外。我也跟了出去。我突然觉得塔拉有点儿像爷爷，而我有点儿像那头犴，已经记住了他的气味，并且不自觉地跟随着他。

老二也走出来。我们三个人就静静地站在那里，听着查干在狗舍里忙活。

“到湖边走走，行吗？”老二说。

嘎吱嘎吱地踩着积雪，我们走向湖边。深夜中的湖仍然是炫目的白。这是白的世界。白，且安静。白总是和安静联系在一起的，很难想象闹闹哄哄的白。我们站在湖面上，仿佛来到了史前。我忽然想，如果我不走，如果老二也不走，我们和塔拉还有查干就这么生活在一起，不恋爱，也不结婚，就这么生活在一起，那会是什么情形？

“这里，什么生命也没有，真寂寞。”老二说。

塔拉轻轻地笑了一声。唉，老二一思考，塔拉就发笑。

“是寂寞，是吧？”老二很不自信地征询着塔拉的意见，调转着话语的方向，“你不觉得寂寞吗？除了冰雪，这里什么都没有啊。——哦，我忘了，湖下面有鱼。有鱼吧？”

塔拉说到了一定时候，渔民就会来凿冰打鱼。他跟着打过好几次。一网就是几千斤上万斤的鱼，打上来了鱼，就把合乎尺寸的大鱼收起来，把不合尺寸的小鱼放生回湖里。

塔拉说他还在山林里的冰层下面过过夜。那天他去山里打猎——很久没吃狍子肉了。他带了一只不到一岁的蒙古牧羊犬，他叫它阿洋。阿洋身胚子已经长成，可还是缺乏经验，他正想带它去历练历练。不知不觉，他和阿洋走了很远。快天黑的时候，他想抄近路回去，却迷了路。想沿着来时的脚印走，天又下起了大雪。这时候，他们就只能夜宿山林。忽然前面出现了一片湖。他正在湖面行走，却脚底一空，落到了湖面的冰层之下。那个晚上，他在冰层下的湖底，用打火机点燃了一堆篝火，烤了一点儿狍子肉，就那么过了一夜。

“在冰层下点火？冰不会化？”

塔拉说呼伦贝尔冬天的原野，火永远是不够的。湖底离湖面一丈多高，火焰还没烧到冰面就蔫了。

“不害怕吗?”

他笑着说很安静，能听到任何声响，甚至雪落的声音都听得见。他说他还在湖底散了一会儿步，碰到了一群花尾榛鸡。它们的眼睛在晚上看起来绿莹莹的，很像狼呢。

五

第二天的天气更暖和，才零下二十摄氏度。冰雪那达慕的会场是在陈巴尔虎旗的茫茫雪原上，离营地不远，不过一个小时车程。路上车很多，也不时有骑马的人，三三两两。他们不走公路，走的是路旁的雪地。冰天雪地里，人骑着马慢慢悠悠地走着，虽然在车里坐着，我却忽然觉得自己也是那骑马的人。

场地上彩带飘飘，彩旗招展，在雪原上映得格外鲜艳。但最出彩的还是人们的衣服，一到那里我就被他们的衣服迷住了。几乎所有人都穿着民族特色的袍子。男人的袍子都过了膝盖，雪白的毛边既气派又温暖。腰带松松地扎在小腹上方，把他们的肚子都显得大大的，可是男人的大肚子再没有比这时候更显得威猛壮实。女人们呢?因为袍子的厚，都显得笨笨的，胖胖的，却也是娇娇憨憨的。她们的颜色真是丰富：宝蓝，胭脂，玫红，姜黄，月白……前襟后背都起着各色团纹，领口袖口都绣着云头花边。她们在一起说笑着，每个人嘴里都吐着缥缈如仙的白气儿。无论男女，每个人都戴着漂亮的皮帽。拜塔拉所赐，我们也有，也很漂亮，不仅轻暖，两顶皮帽上还都垂有别致的流苏。

那达慕还得一会儿才能开始，我们就到处闲逛拍照，走了一会儿，老二说渴了，塔拉说那就去喝奶茶吧，说着就推开了一个蒙古包的门。我们一边嘀咕着“这成吗随便进别人的家”，一边也跟着走进去。包里已经有了人，一个男人看见塔拉就热情地迎上来，说长道短，间或用蒙语。听着听着我和老二大致明白了，这人得到过塔拉赠送的牧羊犬。那只牧羊犬十分忠勇。

“塔拉，有一句话送给你，”老二坏笑，“两年前看人敬狗，两年后看狗敬人。”

塔拉笑笑，安排我们坐下吃零食，喝奶茶。他和那个男人聊天。包里很暖和，因为生着火。渐渐地，来包里串门的人越来越多，不时会有人认出塔拉，和他亲切地打着招呼，绝大多数都是因为他曾经送过人家狗。其中有一个语调很是时尚花哨的男人离开后，老二问塔拉，说这人不像牧民，是干吗的。塔拉说这人是卖狗的，他和他在海拉尔的狗市上相识。

“他总是讹我。有时候我路过狗市，他看见我就会说，你要不要这条狗？不要我就卖给狗肉店了。我呢，就会买下来。”

“你傻呀！”老二急了。

“没办法。那种情况碰不到就算了，要是碰到了我就没法走开。我要是不买那条狗，就会觉得好像是我自己把狗送到狗肉店里似的。”塔拉很为难地苦着一张脸，“所以他们都觉得我傻。我也觉得自己傻。”

我们笑。那一瞬间，我真想摸摸他的脸啊。

过了一会儿，喇叭里宣布那达慕仪式即将开始。我们奔跑出来。其实最重要的程序就是一项：一个健朗的老人走到舞台中央，用蒙语做长长的祈祷。他的声音坚实，悠长，苍劲。最后，他朝着天空高声喊道：

“呼赉！呼赉！”

“塔拉，这什么意思？胡来，胡来，”老二嘟囔，“胡来吧，胡来……”

塔拉瞪了她一眼，说是祝福的意思，和我预想的一样。虽然我一点儿也听不懂蒙语，可是一种本能的直觉领着我奔向了这个答案：必须是祝福，只能是祝福啊。

那达慕正式开始。远远地看见一排排骏马上旗帜飘飘，整装待发。两排人流左右站立，很自然地形成了一条宽阔的道路，夹道欢迎着即将登台的主角们。终于，他们来了：陈巴尔虎旗，新巴尔虎左旗，鄂温克族自治旗；鄂温克族，俄罗斯族，鄂伦春族，达斡尔族……鄂温克族人尤其特别，他们戴着鹿皮帽子，帽顶上还装饰了俏皮的鹿角，他们的长袍短褂也都是用鹿皮做的，闪烁着灵动的驯鹿斑点……除了俄罗斯族因为载歌载舞而显得格外活泼，其他代表本民族出场的人们的神情都是庄重又淳朴，骄傲且天真。在一排骆驼队上，我甚至看到了雍容沉着的王者之风。我向他投以折服的注目礼——对了，骆驼，我以前见过骆驼很多次，都是在夏天，那些骆驼因为掉毛而斑驳寒酸，丑陋不堪。而这呼伦贝尔冬天的骆驼，却长绒飘飘，气质华贵，让我刮目。

终于逮着了一个机会，我借穿了一下别人的蒙古袍。第一次穿蒙古袍是在锡林郭勒草原，在一个牧民家。我本来就胖，穿上一层层裹着腰肢的袍子就更显得虎背熊腰，非常难看。可是我还是拍了很多照片。这次穿是第二次，皮袍子很沉，但是我却觉得它沉得是那么踏实。我深深地嗅着衣服上的气息：牛羊肉的腥气，雪的清气，汗的浊气，油的腻气……这气息并不芬芳，而是那么厚实，厚道。袍子是靛蓝色的，衣襟、袖口和领口都镶着金和赤两道细边儿，尖尖的帽顶上垂着鲜红的丝绦……在这天地间，穿着这样的袍子，就觉得没有比这更合适的衣裙了：可以骑马，可以端坐，可以卧雪，所有的风雨都在这袍子之外。长生天下，绿野地上，这袍子就是一座移动的蒙古包，让人随时都能够幕天席地，在任何一个地方安详。

这沉重的、庄重的、贵重的衣服啊，它必须是重的。

塔拉说这袍子是蒙古族里的布里亚特风格，我这个样子也很像是布里亚特人，还顺便给我们讲了布里亚特人背诵祖先的故事：长期的游牧生活注定了他们居无定所，来去随意，总是在迁徙和流转中，又没有文字，所以想要记录和镌刻祖先的历史是很困难的事。布里亚特人便有了这样一种传统——背祖先。所有的孩子从会说话起便要开始学着背家族的宗谱，背所有祖先的姓名。于是，几代、十几代、几十代甚或上百代的家史便从他们的孩提时代就开始了顽强的回溯，而因了这门雷打不动的功课，布里亚特人走到世界的任何角落便都可以清晰相认，并在庞大的族谱中畅通无阻地找到自己的支系……

我隆重地拍了很多张照片。能够融入这里，我觉得非常荣幸。

那天的午饭是半下午吃的，在一个镇上吃的火锅。一个很普通的小店，火锅却太超凡了。我从没有吃过那么好吃的牛羊肉火锅。吃着这样的火锅，我承认，我曾经吃的火锅都不像是火锅。我和老二都大口大口地吃着。当然，能吃和会吃是两码事。最会吃的还是塔拉，他熟稔地使用着小刀，灵巧地为我们剔肉——他居然随身带有小刀，能把每一片肉都片出肥瘦相间的美丽形状，最后甚至把骨头缝里深藏着的最犄角旮旯的肉也都剔了出来，把它们吃得干干净净，只剩下纯净的骨头。绝不浪费一丁点儿。

“好吃，好吃！只为了这么好吃的肉，我也不愿意离开呼伦贝尔。”他一边吃一边赞不绝口地抒情，充满了欢喜和珍爱，似乎是第一次吃这里的肉，“你们看，这种脂肪的成色，多好。这种口感吃起来像糖饴一样……要是觉得有点儿腻，就来一条卜流克，”他说着把那种俄式咸菜放进了嘴里，“口感马上就会得到最佳的平衡。”

“塔拉，有个问题，我一直也想不太明白。”老二说，“你们很爱你们的牛羊是吧？你们养牛羊的时候，就像养孩子一样，是吧？那么到宰杀牛羊的时候，心里可怎么过那个坎儿呢？更不用说吃的时候……”

“你们是河南来的，是吧？”

“哦。”

“你们那里种的是麦子吧？”

“哦。”

“你们俩有从农村来的吗？”

“我是。”我说。心想这话岔得真够远的。

“你们家种麦子种玉米的时候也很爱你们的这些庄稼吧？到收割的时候，心里可怎么过那个坎儿呢？”他戏谑地看着我，“都是一样的道理。养的时候好好养，收的时候好好收。”

他说在草原上，一个牧人能证明自己是好把式的时刻之一就是在宰杀牛羊的时候，看能否让牛羊们受最小的折磨，自己得到最大的收获。最好的牧人，连牛羊们的一滴血都不会浪费，都能做成绝妙的美味。当然，吃的时候更要好好吃。他们小时候都被教育过，谁吃肉吃得越干净，谁将来就越可能有美满姻缘：女孩子有如意郎君，男孩子有如花美眷。长大了他们才知道这是一种委婉的引导和教育，目的就是让他们懂得珍惜。

“我生不为挨饿，你生不为受罪。”他说，“草原上宰杀牲畜的时候，都要说这么一句。我觉得这真是大明白话。”

吃完了肉，我们去洗手，他却把手上的油直接抹到手背上，说这样护肤。等上了车，他突然在手掌里摊出几块骨头递给我们：“嘎拉哈。羊膝盖上的骨头，你们看看，像不像玉一样？”他捏着一块，对着阳光照了照：“女孩子吃到嘎拉哈就要珍藏起来，这是女孩子们的专属玩具。将来出嫁之后，如果想家，只要摸一会儿从娘家带来的嘎拉哈，心里就会好受得多。狼的嘎拉哈更好，还可以消灾避邪。可是现在很难找了。”

“今天晚上，咱们住哪儿？”

“海拉尔，”塔拉发动起了车子，“我家。”

六

他住在原野公寓，16 楼，两居室，既简陋也丰富。简陋是装修简陋，只有最简单的刷白和地板砖。丰富是里面的东西多，几乎就是一个小型的森林动物博物馆：沙发上铺的是狼皮，墙上挂的是熊皮和鹿皮，床上铺的是羊皮。一排博古架上面琳琅满目：马鞍，刀鞘，羊角，鹿角……他说这都是那些来向他讨要狗的牧民送的。他顺手从架子上拿下两片雕有马头的精致木板送给了我们，说是给马刮汗用的，叫“刮马汗板”。

我和老二在一件东西前赞叹了许久。这是一根牛的肩胛骨，上面雕刻着一只马头，抽象与具象并存，当代与传统皆备，极其精妙。

“做这个的男孩是鄂温克族的，从小在山里长大，没有上过学，但是天生就会做这种东西，是这个行当的天才。我一直打算给他找个出路，让哪家民族特色店能把他做的东西都买下来，这样他的生计就不成问题了。”

我们还看了他电脑里的许多照片。有一张照片里，他在捡塑料袋，旁边是一头驯鹿。他说塑料袋不仅不环保，更严重的是会伤害动物们的健康。其中装榨菜的硬锡纸袋对驯鹿而言最为致命，因为驯鹿嗜盐，舔到这种锡纸袋往往就会整个儿吞下去，这些东西会在驯鹿的胃管里纠结成不能消化的一团，驯鹿会因此而死去。还有一张照片，他在给驯鹿喂矿泉水。他说驯鹿挑剔着呢，只喝矿泉水。还有很多照片都是他送出去的小狗，每个小狗颈上都系着哈达。其中还有一张是他在给刚出生的小狗做人工呼吸。

“这是谁？”老二定格住一张照片。照片上塔拉和一个非常年轻的女孩子头挨着头，亲密得很。塔拉笑笑，说这是他资助上学的一个女孩子，从她初中开始资助，去年她已经上了大学，暑假的时候来看过他：“很好看是吧？好看就容易有麻烦。我告诉了她一些基本常识，女孩子不能回家太晚，不要和男孩子在一起过夜，等等。她多天真，还说过夜也没关系，只要不发生性关系。我吵她，说那怎么可能，我是男的我知道。”

我和老二失笑。塔拉说这话的时候俨然是一个家长，可是自己都没老婆呢。

“我还以为她是……”

“别瞎说。人家才二十，我都三十多了。纯粹公益。”

“你，不会是……什么吧。”

“我性取向很正常，”他不悦地看着老二，“我有女友，就是没结婚而已。”

“为什么不结呢？”

“为什么要问这个问题呢？”

“好像不小了，该结了嘛。”

“我就是觉得不到结的时候，不急。”

“你的女朋友，理解你做的这些吗？养狗什么的。”我开始好奇那个女孩子。他养狗，他资助学生，他整天东跑西颠。公益是公益，高尚是高尚，可是换了哪个女人跟这种主儿过日子，都得有点儿“母仪天下”的情怀才可以吧。

“什么理解不理解的，不要那么文艺。那很可笑。”他淡淡地说，“只要她听我的话，服从就可以了。”

我和老二面面相觑。又一个出乎意料的答案。

那个夜晚。呵，那个夜晚还有什么呢？对了，我们吃到了以毒攻毒的冷饮和冻果：雪糕、冻梨、冻柿子。我们在三十度的房间里吃着这些冷食，听任它们在齿间一点点香甜松软……似乎生之美好，全在它们的给予。我们吃得热火朝天，最后只穿着薄薄的打底衫。

我们还喝了很久的茶。红茶。塔拉说他习惯喝红茶，因为他喜欢吃肉，红茶可以有效地去腻助消化。他指着阳台："一只羊，我和罗杰吃不了一个星期。"

哦，是了，还有罗杰，罗杰是条狗，在它是个婴儿狗时塔拉就开始养它，现在它已经 14 岁，是条老狗了。"年老色衰。"塔拉说它。每过一会儿他就给罗杰吃一团卫生纸，说是让它糙糙肠子。罗杰患有青光眼，塔拉不时喂它吃块熟肉，自己也吃着那块肉："我和它吃的都是一样的。"

罗杰在他身边挤挨着，磨蹭着，用各种体位和姿势。他忙不迭地赶着它，说："哥，哥，可以了，你可以了。"罗杰又爬到我脚边，用爪子搭着我的脚，摩挲来摩挲去，我一点儿不懂狗，不知道这是什么状况。塔拉看着罗杰的样子，无奈地笑道："唉，哥你老了，就别装幼犬来撒娇了，行吗?"

塔拉还给我们演奏了金属制的双片口弦琴。他把琴放在两唇之间，用手轻轻牵动着口弦尾端的小绳，在寂静的夜里，这小巧玲珑的乐器发出了一种很特别的金属乐声。音色低沉，泛音清晰，如吟似歌，余韵铮铮。

还有歌。他给我们放了很多歌。《呼伦贝尔大草原》《雕花的马鞍》《父亲的草原母亲的河》《让我们回去吧》《这片草原》……还有《呼伦贝尔的冬天》。一方水土养一方人，也养一方歌。我从不知道还有这样的歌："阳光穿过银色白桦林，一次次出现在我的梦乡，就这样过了很多年，我还走在回家的路上。

呼伦贝尔的冬天，我还记得你的模样……这里的人们爱上这里，哪怕只有四野茫茫……”

这里的人们爱上这里，哪怕只有四野茫茫。我说这两句词真是好，他点头表示深度同意。我忽然发现，他虽然很排斥我们的腔调文艺，但他自己也实在够文艺。他自己这么文艺，为什么还排斥我们文艺？想了想，也许是这样吧：我们的文艺比较装，都浮在面子上。他的文艺就流动在他的血液中，都刻在骨子里。

好吧，我们是小文艺，他是大文艺。

零零星星的，毫无逻辑的，我们还说了许多东一榔头西一棒子的闲话。他历数他的狗都送到了什么地方；他说他的妈妈身体不太好；他说牧人们都很辛苦，很多人都有严重的风湿；他说羊毛其实不是白的，要处理过很多遍才能变得雪白；他说夏天的草原有无数蚊虫，如果站着不动，很快就会一身红肿，要是被草爬子咬一口甚至是致命的……我和老二也絮絮叨叨地说家里的事，说公司的事，说我们各自的爱情……我问他是否做过坏事，他很认真地想了想：“我比以前坏了。”

“怎么坏呢？”

他又很认真地想了想：“也没怎么坏。”

再很认真地想一想：“我这么忙，哪有时间坏啊。”

……

然后，然后就到了睡觉时刻。他和罗杰睡一间，分配我和老二睡另一间。

“得了，我们还不如罗杰呢。”老二说。

我们都笑起来。这是我们和塔拉所开的唯一的低端玩笑。

塔拉也笑了。有点儿羞涩。

上午十点的飞机。我们七点半起床，扒拉了一下脸就收拾行李。八点钟，塔拉带着我们赶到了诺敏塔拉店吃早餐。

“再喝点儿这里的奶茶吧，回去以后想也没有。”他说。

“你第一天拉我们到这里的时候，我还以为你……”

“会吃回扣，是吧?”塔拉笑，“我知道你们怎么想的。切。”

九点钟到了机场。拿到登机牌，塔拉和我们一一拥抱：“丫头们，有时间再来啊。”

在他的怀抱里，我很想哭。当然，不能哭。这哭的可算是什么呢?

“再见。”我说。

“嗯。”他回应。

“对了对了，还没结账呢。”老二惊叫起来，捅了捅我，“快，快算算。”

“得了，别废话。”塔拉不容置疑。

“小马那边……我们是客户呀。”

“在他是客户，在我是朋友。”他说着朝我们挥了挥手，转身离去。

“唉。”看着他的背影，老二长长地叹了口气，“瞧这个大男人。”

是啊，这个大男人。

飞机起飞后，我一直俯视着呼伦贝尔大地。我突然觉得：我是呼伦贝尔的孩子。而在这之前，尽管来过内蒙古两次，尽管吃过很多次牛羊肉，也住过好几次蒙古包，更搔首弄姿地在鲜花盛开的夏日草原上拍过许多美照，可我也仅仅觉得自己和这片土地的缘分只是游人和过客。——当然是因为塔拉，因为他，我才觉得我和呼伦贝尔有了关系，和呼伦贝尔的长生天、大草原、兴安岭都有了关系，和额尔古纳河、莫尔格勒河都有了关系，和这里的风霜、沧桑、顽强、脆弱、纯净、质朴等等统统都有了关系……好吧，打住。

回到河南，重返日常。柴米油盐狗苟蝇营中，我一直想和塔拉联系，却一直没有联系。一想起他，想起他霸道威猛也纯真洁净的样子，想起他对我们既厚道又鄙视既友爱又轻蔑的神情，我就不知道该说什么。

那就沉默吧。像呼伦贝尔冬天的原野一样。

我只是经常去看他的博客——感谢互联网能如此清晰地把他送到我的眼前。博客上他贴的都是营地上狗的照片以及一些最简短的说明。

"开始失去它们了，但这正是建立这个营地的目的。"——在送别小狗们。

"草原上的朋友来取小狗，留念。"——和因狗联谊的牧民们合影。

"这是这些狗崽中最结实漂亮的一头小雌犬，会去陈巴尔虎旗的谢尔塔拉。"——被明确预订的小狗。

他最近发的一张图是一片湛蓝的天空，上面映着两只小小的燕影："五月三日，在去营地的路上第一次看到今年的燕子。"

煮饺子千万不能破

一

九点钟其实已经不能再吃晚饭了。可是看见那家饺子店时，她还是走了进去。小区东门这边她很少逛，要不是昨天同事送她的时候路过这里，她还不知道这里有一家饺子店呢。

饺子店的名字有些怪，就叫“饺子店”，除此之外什么定语都没有，连个最庸常的“美味”“九里香”什么的都没有。乍一看很朴素很老实，简直是朴素老实到了极点，再往深里一琢磨，这朴素其实很自满很骄傲，简直也是自满骄傲到了极点。

她走进店里。店面不大，也就是二十平的样子，摆着几套木质桌椅，都是最一般的长方形四人台。小店深处是凉菜柜，柜后面的墙上嵌着一道门和一个长方形的出餐口。整个小店就这么多东西——哦，左右墙上都贴着偌大的菜单，全都是饺子的种类，一瞬间她就看花了眼，真多呀。不过饺子店的菜单一向她都喜欢看，虽然吃不了几样，但看看也能让她心满意足。猪肉大葱、猪肉韭菜、猪肉酸菜、猪肉茴香、猪肉扁豆、猪肉西葫芦、猪肉茄子、猪肉青椒、猪肉黄瓜、猪肉蕨菜……猪肉真是无所不配啊。

仿佛只要是菜，就可配上猪肉做成馅。羊肉和牛肉因为个性的关系，不如猪肉配得那么多，却也别有意趣。她曾做过羊肉尖椒馅和牛肉芹菜馅，都十分可口。素馅一般以鸡蛋为主，和猪肉一样，它也有着百搭众菜的胸怀。偶有不以鸡蛋为主的，也很令她喜欢，如豆皮韭菜，黄豆芽粉条，还有素三鲜——只要有虾仁或者虾皮，任几样素菜都可以凑成这么个素三鲜。走南闯北这么多年，她还见识过奶酪馅、大蒜馅、西红柿馅、土豆馅、山楂馅、苹果馅、白糖馅、红糖馅、泡菜馅……

“选好了没有？吃啥呢？”凉菜台后面的老头儿问。他头发花白，戴着一副眼镜。

“再看看。”

“都好吃。”

她笑。这口气，还真是的。

“快打烊了吧？”

“只要有客，就不打烊。”老头儿说，“生意做的就是客，客来了打啥烊呢。”

话到这个份儿上，她知道这饺子是非吃不可了。

“一份荠菜猪肉。”其实一份饺子半斤，三十个。她吃不了，可是要半份呢，又有些说不出口。唉，管他呢，大不了打个包呗。

“好嘞。”老头儿接住她的声音，朝着出餐口喊了一声。里面有人应着，送出一碗热气腾腾的东西。老头儿给她端了过来，是饺子汤。

“原汤化原食。”

“原食还没来呢。”她笑。

“不懂了吧？光知道原汤化原食，没听过原汤垫原食吧？先垫一下，吃完了再用汤化一下，胃就更得劲。”

饺子汤是微微的淡白色，还隐隐带着点儿鲜黄，却又不浑浊，反而非常悦目。她呷了一口，就知道了这汤的地道：清爽却不单薄，应该是经常换的，绝不是一锅煮到底的那种，面味儿的尾部还缠绕着一丝丝纯正的甜味儿。“头锅饺子二锅面”，这头锅的好处，绝不单单是说这饺子，也还说着这饺子汤。

就着这汤，一句两句的，两个人的话多了起来。

二

“说到饺子，就我见识的这些人里，我算是个行家。要说饺子馅的配菜，是什么都行的。不过人人的心头好都不一样，终究得看个人口味。活了这么一大把年纪——六十二，我今年六十二——要我说，活了这么一大把年纪，最好的配菜就是两样。一样是荠菜——你真是会吃的食客呀。春天的荠菜，那个嫩，那个鲜，什么都不能比。年轻的时候，我经常去野地里采——对，要是野长的荠菜才好吃。现在都是大棚的了，没意思。唉，其实也不是一点儿没意思，就是意思少了。今年春天我就买了十斤，只是味道不如野长的。也不是心理作用，吃是能吃出来的，我这么一张刁钻的老嘴，整天吃，怎么能吃不出来？野长的东西，那个鲜劲儿劲道，蛮横，不讲理，天地雨露滋润过的东西，还是不一样。大棚里的荠菜，那种鲜劲儿就是两个字：规矩。你说，规规矩矩的东西，可不是意思少了？

“还有一样是萝卜。白萝卜。秋冬时候，白萝卜下来，就该吃萝卜馅的了。萝卜是地里埋着长的东西，这东西，也有意思。我喜欢萝卜。生萝卜也喜欢吃，熟萝卜也喜欢吃。炒萝卜丝，腌萝卜条，煨汤炖萝卜块，这些个都好吃。萝卜这个东西，就是菜里的弥勒佛，不仅自个儿鲜，还吃味儿，能容。不怕你笑，每次焯萝卜的萝卜水，我都要喝掉。那个味儿，鲜辣鲜辣的，好像长着毛茸茸热乎乎的小刺儿，刷着你的舌头，你的喉管……

“打小我就见着家里人做萝卜馅饺子，都是把萝卜用萝卜挫挫成丝儿，再搁开水里焯，焯得差不多了就捞出来，再把萝卜丝用白布或者毛巾包好，放在案板上拧干——我经常放在搓衣板上拧，因为搓衣板的棱角可以把水分最大限度地硌出来。后来有了洗衣机，洗衣机不是能甩干吗？有人跟我说可以放在洗衣机里甩干，这倒是一个聪明法子，不过我不喜欢。这让我说啥好呢？打死我也不愿意这么干。洗衣机是干什么用的？怎么能用来甩萝卜？人懒得也太不讲究了。做吃的东西，还是要亲手去做，这才是心诚。做出来也才好吃。

“肉呢，我跟你说，自家吃，可千万别买他们现成的肉馅，那都是最差的下脚料凑到一起的，那能吃吗？要是你懒得不行，那就买好了肉，亲眼看着让他们用绞肉机绞一下，要亲眼看着啊——反正我是从来不这么干。我就是亲手剁。要买前腿肉。前腿嫩啊。后腿瘦肉多，可是太有劲儿了，也不好。猪走路可不是后腿用劲儿大吗？前腿好。没有前腿？那也别用后腿，就用五花肉。五花肉有肥有瘦的，也好。自己剁嫌累？那得找方法。你把肉放到冰箱里，稍微冻一下，千万别冻透了，就是冻得有点儿硬的时候，再拿出来剁。这时候的肉特别好剁，几下就成。剁的时候别剁得太碎，别剁成泥。要剁成小小的肉丁，这样口感最好了。费一次事，可以多剁点儿。然后用塑料袋分成小包，每次吃的时候拿出来一块。

“说起来这馅，可真是千变万化，基本上什么都能配什么。最近我配了一道西葫芦羊肉馅，也很好吃。西葫芦可出水了……羊肉，羊肉可是个好东西。我知道可多人不爱做羊肉，和猪肉打交道多了，就熟悉了猪肉的脾性，越熟悉就越愿意做它，对羊肉牛肉的就有些远，像个陌生的朋友，或者是个远房亲戚。生分。它们太各色，打发不好是很难吃的。可我不怵。我们老家对付羊肉，就是花椒水。不停地往肉里打花椒水……没有不好吃的羊肉。不是肉的问题，是人的问题。我们小时候，牛羊肉都比猪肉便宜，对，没错，猪肉金贵。那时候计划经济，牛羊肉都可以随便买，就猪肉得到副食品店，还得用票。所以我们小时候，没少吃牛羊肉。我妈特别会做，她是山东人，山东人对饺子特别讲究。我就受影响。

“三鲜馅的，我跟你讲，就用白菜心，对，一定要用白菜心，娃娃菜？是很嫩，当然也可以的，可是大白菜的白菜心稍微有一点点甜味儿，更好。自己在家吃用不了多少料。香菇呢，七八朵就行，不过得是鲜香菇。鸡腿菇杏鲍菇也行，只要是鲜的都行。千万别用开水焯，一定要用生的。——最好还是用鲜香菇。我跟你说，香菇有一种闷闷的香味儿，闷闷的。有的香味可叫，可闹，咋咋呼呼的，可是香菇它不出声儿，你把它吃到嘴里，它的香味才一点一点儿地渗出来。香水不是有前调后调什么的？香菇的香就是后调的香，后发制人的香。还要放干虾仁。原来我也放鲜虾仁，后来觉得干虾仁更好，它是晒干的，咸味重，口感也筋道。还有韭菜。得放韭菜。不过千万不能多，就那么一小把就行，有那么一点点的绿就够了。它是点睛的东西，是神来之笔。

“咱还说萝卜吧。等到萝卜丝被拧得干干的，再也挤压不出一滴水了，配着剁好的肉和葱姜末，就可以开始调馅了……我跟你说，十年前，我盘萝卜馅还用这个法子，现如今我又不这么做了。

“哟，你的饺子来了——我这饺子怎么样？好吃是吧……”

三

曾经，她觉得饺子是非常无聊的食物。不是吗？简直是太无聊了。和面老半天，盘馅老半天，包又是老半天……忙活了一大晌，分分钟就吃完了。而且，也不是多么好吃，无非就是用面皮包着馅，一个一个吃。与其这样，吃包子不是更省事？这不是闲得慌是什么？这不是闲极无聊是什么？每次看到母亲在厨房做饺子，她都想冷笑：到底是家庭妇女，且还是精神空虚的家庭妇女。

可怕的是，母亲不仅自己热衷做，还试图教给她，对她说，饺子最能试出女孩子家的厨房本事。盘馅的用料，口味的咸淡，和面的软硬，包出来饺子是否匀称，是否饱满富态，还有最后收尾时是否“五净”：手净、馅净、面净、盆净、围裙净，都考验着女孩子的心灵手巧……每当母亲说起这些，她都远远地走开了。要这方面的心灵手巧干什么？燕雀安知鸿鹄之志！

“饺子好吃吗？”后来母亲不再说“五净”之类，每次包的时候，也还是会问她。她是谁呀，当然知道母亲的逻辑，只要她答了好吃，母亲就一定会说：“就是为了自己吃，也得学一点儿，我又不能给你做一辈子。”

一定的。

可她也不能说母亲的饺子不好吃，是不是？

“老实说，我根本不爱吃饺子。”她终于找到了最恰当的答案。听听吧，我不爱吃，因为不好意思扫您的兴，才忍耐着吃了这么多年。心理劣势顿时有力地翻转成为优势。

“为啥？”如她预料之中，母亲很惊诧。

“不为啥。”她才不说那么多呢。

那天，母亲的脸色黯淡了许久。晚上，她听见父亲在厨房安慰母亲：“唉，咱那孩子你还不知道？多孝顺呀。还不是怕你累着？”

大一大二的时候，鸿鹄展翅飞翔，一点儿也不想家。到了大三，翅膀似乎有点儿累，开始觉得自己好像更像燕雀。那年冬至前夕，母亲打电话，叮嘱她一定要吃饺子：“冬至不吃扁，冻掉半个脸呢。”

她漫不经心地答应了。睡觉前的卧谈会，女孩子们叽叽喳喳说起来，都接到了家里人叮嘱吃饺子的电话，唯有一个。那个女孩子母亲不久前去世了。黑暗中，那个女孩子呜咽起来。大家慌忙安慰她，直到很久才睡去。

第二天，她乖乖地在学校餐厅买了饺子。那么多人的大锅饭，饺子还有很多是学生志愿者去帮忙包的，不整不齐，粗枝大叶，别提有多难吃了。可她还是很认真地吃完了，给家里回了电话。

“好吃不？”

“好吃。”

“比家里的还好？”

“这是什么话？天跟地比呀。”

母亲在电话那边笑得响亮极了。如果拿饺子比，就像一个饱得不能再饱的饺子吧。

那年寒假回家，长长的春节里，她跟着母亲学做饺子。和面，调馅，擀皮，包……当然做得很不到位，而且等到暑假再回来时就忘光了，还得重学。可是母亲已经满足得不行了。——她发现自己连最简单的煮饺子都不会。总是饺子一下锅就用大火煮，一锅饺子能煮烂半锅，没烂的那一半还都不熟。母亲不厌其烦地一遍遍演示：只要等饺子从锅底漂起来就把火调小，慢慢地煮。什么时候熟呢？用漏勺捞起一个，用手指的指肚子轻轻一打，皮儿软了，那饺子肯定就熟得正正好啦。

“好吃吗？”

“最好吃！”

后来她就学会了做饺子，也越来越爱吃饺子。她也开始享受做的过程。她尤其喜欢拌馅。很多人用筷子拌，她喜欢用手。卫生起见，她戴上薄塑料手套，一手按住料盆，一手就开始拌。拌啊，拌啊，拌啊，眼看着这么多东西就融合在了一起，用各自的香味儿组成了一支浩浩荡荡的香味大军，这个部队的香味是混合的，却并不杂乱。是个性的，组织到一起却也是那么和谐，如同一个融洽的团体。不客气地说，它们仿佛天生就适合搭伴儿在一起奉献给人吃。拌着拌着她就觉得，人有一双手真是好啊，人有一双明亮的眼睛真是好啊，人有一个灵敏的鼻子真是好啊，人有一个健康的肠胃真是好啊，可以好好地做，可以好好地看，可以好好地闻，可以好好地吃。没有什么比这一切好好地更好了，不是吗？

在外奔波的时候，只要有她点主食的机会，她就爱点饺子。当然只点手工的，绝不点速冻的。她无法认同速冻饺子，那种统一的过于香腻的味道，那种一闻便知的工业性：什么样的面适合速冻，什么样的馅在解冻之后还能有什么样的口感，什么样的包装最能引起食欲……一种美味，成了流水线上的商品，想想就有一种莫名的生冷。如果有些饭店没有饺子，那她就退而求其次，找些类似于饺子的东西，比如锅贴和馄饨，或者生煎包子，都可抵得过。

和母亲的联系里，也时不时地会说到饺子。几年前的一天，黄昏时分，她正在家里做晚饭，忽然电话响了，是母亲打来的。

“你赶快去超市买七种菜，做一顿素饺子。记住，菜一定要够七种，不能多也不能少。饺子也是每人吃七个，不能多也不能少！”母亲谆谆教诲，她诺诺应答。最后请教她老人家：“这是什么由头？”——她常常接到她老人家这种突如其来的遥控指示，每次都有一些由头。

“先别说这个了，你赶快去买吧。我也得去寻菜了，回头再说！”

她不敢再啰唆，放下电话就和面，和好了面，连忙奔向家门口的一个小超市，小超市的菜很有限，挑完了大白菜、小白菜、小芹菜、生菜、油麦菜、小香椿这六种，剩下一种怎么也找不到合适的——西葫芦有些硬；黄瓜呢，也不好切碎；土豆、莲菜这些也都挨不上饺子的边儿。最后看到香菜，才算解决了第七种的问题。兜着七种菜回到家，洗净，沥水，切碎，用小磨香油、十三香和盐拌好，面也正好醒得合适。正准备去包，却觉得这馅深绿浅绿的一片，终还是太单了些。于是又炒了一个鸡蛋，用鸡蛋的金黄色将这一片绿色岔开，果然就悦目了许多。等到饺子包好入口，她忙活了整整一个半小时。第二天把电话打给母亲，追问由头，母亲呵呵地笑着："昨儿咱们这儿打雷了，正中午打的雷，晴天白日打雷，不好。都说得按人口吃七个七叶饺才能免灾避祸。"

"究竟从哪儿传起的？"

"谁知道。反正是有人这么提了头儿。咱既然知道了，就得祛祛心病儿，是不是？"

四

"——现在做萝卜馅，我就不这么做了。我现在的法子更简单更好吃。那就是直接把萝卜擦丝，擦成特别细特别细的丝，稍微沥一下水，就把肉拌进去。煮好的饺子里，你慢慢尝，那个萝卜丝儿半熟不熟的，有嚼劲，有韧劲，和肉味蒸腾到一起，别提多好了。

"调馅？调馅特别要命。不，不，千万不能直接把肉和菜调到一起。要分开调。肉呢，要放生抽和老抽，生抽调鲜味，老抽调颜色。再放葱、姜、十三香、盐……调好之后，把肉腌半个小时，才能拌进菜里。菜肉的比例嘛，城市里精细些的吃法，是一比二，一比三。我家里吃的都是一比四。肉，就是那么轻轻点一下，能让菜里进去肉味儿就可以了。要记住呀，肉是给菜锦上添花的。许多人都弄反了，把肉当成了锦，把菜当成了花，结果是菜少肉多。肉多了才香算什么本事？还是腻香，也不健康。菜多肉少的香就不一样，是清香，健康的香。——当然了，菜少肉多也不是不行，不过那是不讲究的吃法。肉菜汇合以后，再放香油。记住，香油不能先放。先放香油，容易把其他的味道糊住，其他味道就进不去了。

“对，再说几句十三香。现在的十三香都有专门的饺子调料，有调荤馅的，有调素馅的，我告诉你，不管你调荤馅还是调素馅，最好都用十三香里的那个荤馅料。为啥？要是你调荤馅，这个料可以去腥。要是你调素馅，素味太单薄，加了这个料味道就能厚上一点儿。

“面嘛，人靠衣裳马靠鞍，饺子就靠馅和面。面当然是有讲究的，太有讲究了。是大讲究。放多少水，放多少面，和好面以后——有的人说是‘和’面，和气的和，我觉得不对，就应该是‘活’，把面粉弄活，不然它就是没有命，这个让人吃的命——让面醒多长时间，都得好好讲究讲究。我也是做了两年才做得像了个样子。这个不能细讲，你只能自家去做，总之做得多了也就懂了，功到自然成。到时候放多少水面是个什么样，醒多长时间面是个什么样，你心里都门儿清。不过有一点儿我告诉你，面不能太硬，太硬煮出来的皮儿也硬。咱还是应该吃软面饺子，对胃好。咱河南的面？那就是豫北的好。那里的面可真有劲儿！去年有朋友给了我一袋豫北面，要是你第一次见这面，你肯定会觉得这面有问题，你简直不敢相信，怎么还有这么好的面。那面，你擀面条的时候，简直就擀不开。你擀一下，它就弹回来了。你再擀，它再弹……那面好得呀，每个饺子皮都得多擀五六下。一顿饺子吃下来，力气弱的人，肯定手腕都得疼呢。

“馅和面的关系呢，自然是做得越多越有经验。我现在就能做到这个份儿上：面和馅搭着量，一点儿不多，一点儿也不少。听着挺神吧？兜底儿跟你说，其实哪儿有那么神呢，不过是看个人的眼力见儿罢了。你想，最初也不过是个大概其，越包到后来，馅和面的量就越清楚。要是馅少呢，就少包点儿馅，要是面少呢，就多包点儿馅，到最后可不就正好了吗？

“——我这也是讲究得过于了。要说过日子，可不能这么讲究。是吧？这么讲究也成问题。就像我闺女，也养成了跟我一样的毛病，凡事总讲究个正好，一对一，俩对俩。好多年前，有一次，她几个朋友来家吃饭。她的朋友嘛，我不吱声，任她招待。她就这个弄一点儿，那个弄一点儿，弄了几个菜，一点儿饭，还煮了饺子，问人家每人几个，让人家报，报完了煮。最后呢，那点儿菜都没吃完，都剩了那么一点点。送走了客人，她收拾桌子，对我夸：‘看我今天做的，多么正好！多么科学！’

“她那些朋友，再也没来家里吃过饭。最近，也就是去年吧，她有个朋友又去我家，我下厨，她吃得饱不楞登地才说：‘你知道吗，那年在你家吃过饭，我们出门就另找饭店去了。没吃饱啊。不敢吃饱啊。作为客，总得剩点儿吧。’我闺女她这才明白。大家笑得不行不行的。

“这事有意思吧？做得越少，越剩下。

“——对，我也反对剩下饭菜，吃吧不健康，不吃吧浪费。我也知道这不是为了省钱，不是因为小气。如今的日子，早就过了小气这一关了。可是事情还真不能这么论。自家人怎么做都成。要是招待客人，那就要多做，超量做，千万不能可丁可卯地做。一来客来了，客有客的心态，本来就扭捏，看你做得少，就更扭捏，不敢吃了。二是做客的人，到了主家，尝的是新吃食、新做法，总会多吃些。你做得多，他才能放开了量来吃，吃个痛快。三是，做得多是主家的面子，吃得多是客家给主家面子，主家客家都有面子，多好啊。

“好饺子品相？那就是薄皮大馅。薄皮不难，大馅也不难，难的是这两样都有。有一次，我去别人家吃饭，那家嫂子也包饺子，可是皮厚啊，一口咬不透！馅呢，就那么一点点，我就问：‘你们怎么放那么一点点儿馅？’那家嫂子说话也硬，说：‘你要是吃馅，那你去吃丸子呗。’

“那家嫂子人是好人，做饭也实在，也使劲儿往好处做着，可是人这东西是讲灵性的，什么都讲灵性，做饭也得讲——做饭呢，其实尤其讲。你说人一辈子要吃多少饭？一天三顿，一个月三十天，一年三百多天，一年一千多顿饭……但凡有一点儿灵性，就能琢磨出自己的招式来。要是做了那么多年饭，还没有自己的一招半式，那就说不得了，只能认命吧。

“要说命，也是奇怪。我老家村里有一个媳妇，最喜欢把馅放馊了再包饺子吃，她说那有一种自然酵酸的味道。听她这么说，我也有心一试。有一次我故意把饺子馅放馊吃了一次，还真有一种怪怪的酸香。不过相比之下，还是觉得不馊的好——就有人爱吃馊了馅的饺子，你说说这事！

“剩饺子怎么办？那就做煎饺子呗。我也爱吃煎饺子。煎饺子和现煮的饺子，就是两个味儿。别用电饼铛，电饼铛煎饺子容易煎得变形。就用平底锅。油热把饺子放进去，等饺子焦了底儿，泛了黄花儿，再给饺子翻身儿。煎到差不多了，觉得饺子硬实了，就放点儿水。对，跟做水煎包差不多。然后，这煎饺子就又软又香啦。

“自己做速冻饺子？也可以啊。不过得注意两点，一是饺子皮得厚，这样煮的时候才能不露馅。二是包好了饺子，放到冰箱里冷冻以后，只能稍微那么冻一下，就得赶快放到塑料袋里。不能一直那么敞着冷冻，会把饺子冻裂的。你知道吗，冷冻箱可耗水分呢。还有，咱们的饺子用的面跟那些冷冻厂里的不一样，他们用的面都有这样那样的添加剂，咱们的没有，就不能像人家那么去冻。

“——说一千道一万，能不吃速冻就别吃，什么东西一‘速’起来就不大好。真的。

“还得说说面扑。面扑也是一件要紧事。你看我这饺子汤，白里是不是还带了点儿黄？我给它起了个好名儿，叫‘雪里金’，这金是啥？是玉米面儿。包饺子的时候，咱们用的面扑都是白面，是吧？其实玉米面做面扑更好！细黄的玉米面，包好的饺子在这种面上扑一扑，就更利落，更隔，更不粘案板。扑了这种面的饺子下了锅，饺子汤会带了点儿玉米粥的甜味儿，更好喝！——我跟你说，这种面我们豫西的最好。对，这就是今年秋天我回洛宁老家的时候带来的，好吧？

“煮饺子？煮饺子就两点，一是得熟，二是不能破。千万不能破，就像人的精气神儿千万不能散。你说千山万水的，到了煮饺子的时候，饺子破了，漏了，馅儿进到了水里，饺子毁了，饺子汤也毁了，还吃个什么意思呢？可图个什么呢？

“哟，吃完了？你胃口真不错，当然也是我家饺子好。再给你来碗热汤吧。对，对，来碗‘雪里金’。得，我也来一碗吧。”

五

“您为啥这么喜欢吃饺子呢？”她问。她总觉得这也是有由头的。

“这有啥可说的。饺子好吃呗！跟你说吧，我这个人呢，就是喜欢吃。吃喝玩乐嘛，吃就是活着的第一条，我就是要让自己好好吃，吃好吃的。有一次，我一个人在家待着，有老伙计打电话请我去外头吃饭，我一听那饭店，火锅什么的，我就没了胃口。我就说我在家自己做好了，他问我做啥，我说做饺子呗。他说一个人在家也包饺子吗，我说我爱吃饺子，跟一个人两个人在家有啥关系呀。”

两个人一起笑起来。

“这老伙计说的话也有道理。一般人家家常做饺子不多，做一次就觉得可琐碎，可隆重，太麻烦，轻易就不想开这个张。一家人都这样，何况一个人呢？以前我家也是。想吃个饺子就得跟老婆商量，跟闺女商量。商量来商量去我就有点儿赌气，我就不信自己做不成这个饺子，不信自己就是个好吃懒做的命——既好吃还懒做，那就只能指靠别人。不想指靠别人，就去超市买速冻。可是一买速冻，我就觉得委屈。我就想，这也能叫饺子？我怎么就得吃这个东西？我就埋怨自己：你活了这么大，一辈子啥事都做不成，还不能好吃好做，给自己做好饺子？于是我就开始发狠，天天做，天天做……啥事都搁不住天天做啊，要是天天做，肯定就成了一件容易的事。世界上的事，就是这么回事。”

她微微笑着，看着这可爱的老头儿。

“三年前我没了老伴儿，闺女在上海成的家，让我过去，我不去。闺女不放心，死劝活劝的，让我琢磨点儿事做。这不，我就开了这家饺子店，算是吃自己爱吃的，做自己爱做的。齐了。”老头儿喝了一口汤，“你咋也这么爱吃饺子呢？像你这个年纪的，爱吃饺子的不多。”

她顿了顿，开始讲母亲的事：“……她去年视网膜中央动脉出了毛病，眼睛就看不见了，我每次回家，她也还是想给我包饺子。我就和好面，调好馅，擀好皮，让她包。”她说着说着笑了起来，想起和母亲包饺子时的情形。母亲，她那么会做饺子，她和父亲不论谁在家，只要说声吃饺子吧，母亲就来劲儿了，开始做，可是一个人在家时，母亲就是对付，吃点儿剩饭剩菜，就打发过去了——她那一辈儿人活得，没自己。

母亲的眼睛看不见以后，她知道，这饺子依然得做，甚至更得做。所以每次回去看母亲，她一定张罗着要吃一顿饺子。她把什么都准备得妥妥当当，母亲就只负责包。她给母亲讲关于饺子的段子。说两个老外在中国过春节吃饺子，一个说：“我真傻，第一次吃饺子还剥皮了。”另一个说：“你还好，我第一次以为是吐核的。”她给母亲讲他们请新来的外教吃饭，主食点的是饺子。外教眼巴巴地看着他们怎么吃。一个男同学夹住一个饺子正往嘴里送，筷子一滑，把饺子掉在了啤酒杯里。那老外也急忙用勺子把饺子舀到酒杯中，然后再捞出来送到嘴里，把他们都笑坏了。这外教还很好学，问他们为啥要这么吃。一桌子人都不知道该怎么回答。她想起母亲的话，就说这叫“饺子就酒，越吃越有”。老外又问：“这个有是指有啥？”她回答：“有好日子过呗……”

母亲笑得手都抖了起来，她笑着接过母亲手里的饺子，放到案板上。案板上哪里都是面，她身上也是。虽然学会做饺子也有小十年了，可她还是没办法达到“五净”，总是弄得哪里都是面。好在母亲已经看不见了——再坏的事情也有那么一点点好处的。

“是啊，人好吃哪种东西，虽说是在东西，可也不在东西。说到底，在的是一个念想。”老头儿沉默了一会儿，长长地叹了口气。

她沉默着，静等他说下去。

“1960 年，我 10 岁。到了年关，家里没吃的，啥都没有了。我妈让我去借粮，我就踩着雪到县城里，到了我姨家，我姨给了一斤白面。真的，只有一斤。——小孩子没脸没皮的，去借粮食最好。大人们豁不出去。都缺吃的，去朝人家借，真是没办法张嘴呀。

“那是大年三十下午，下着大雪，我就把那一斤白面拎了回去。回到家就天黑了，我妈问我想吃啥，我说，想吃饺子。我妈站在那里，发了半天愣，才开始和面。没馅，我知道，可我看她在厨房里忙活，就知道她肯定会有办法弄到馅。在小孩子心里，妈妈总是个有办法的人。

“又过了一会儿，我去厨房看，我妈已经把饺子包好了。每个饺子都圆圆的，鼓鼓的，我心里高兴啊，对我妈说：‘妈你真行！’我妈笑了一下。我问妈啥馅的，妈说到时候就知道了。

“饺子供过了天地君亲师牌位，上桌了。我夹起一个送到嘴里，一咬，一股子清水流了出来。什么馅都没有，只有这一股清水！”

“一股清水?”

“对，清水。”

“清水怎么能包到饺子里?”她满脸问号地看着老头儿，一点儿也没听懂。

“她包的是雪疙瘩呀。傻孩子!”老头儿笑出了泪。

她蒙在那里。

“现在不都时兴说水饺水饺吗?我告诉你，我那回吃的才是真正的‘水’饺呢。”

“那水饺，什么味儿?”她愣愣地问。

“有点儿甜味，真的。雪是甜的。”老头儿悠悠地说，“所以我跟你说，煮饺子千万不能破。你想，要是我妈饺子包得不好，怎么雪化成水了饺子还不走样?”

她点点头，不知道该说什么。

“其实，破了的饺子——”静默良久，她终于开口，却又顿住。失明的母亲手力现在也不济，包出来的饺子常常都是破的。她一个一个地修正，也还是会煮烂大多数。她会把好的挑出来给母亲吃，她和父亲一边吃着那些烂饺子一边赞不绝口。

——回过神来，她发现老头儿正看着她，眼巴巴地等她继续。

“——也是好吃的。”她说。

“你要真说好吃，我也没办法。”老头儿宽容地笑笑。

她也抿嘴一笑，站起来，结账，出门。

原阳秋

一

香菜又叫芫荽，可她更喜欢把它叫香菜。听听，香，菜。不由分说气势逼人地就把香字占了去，肯定是觉得自己的香是了不得的、独一份儿的香吧。有股子傲娇劲儿。

傲娇的东西都免不了矫情。名字和味道都很傲娇的香菜真到成了菜的时候，就显出了矫情。乍一看似乎挺低调，因它从不做主菜，只是一道配菜。只是凉菜的底边儿，热菜的俏尖儿，煲汤时也是最后一道花色儿。可是再细品，这低调不是真低调，有没有它，菜的品相还真是不太一样。该有它的时候没有它，菜也不是不能吃，可到底就短了些微的精气神儿。要说它是画龙点睛似的菜，似乎是抬举了它——怎么也算不得眼珠子那么宝贝。要是把它比喻成女孩子妆容上的那道眼线还蛮合适，有了眼线，眼睛就更有光彩了不是？不过眼线可是得小心伺候着，一不留神就会花妆呢。

二

早餐是面包牛奶，午餐孩子在学校吃，他们两口子都在单位吃工作餐，到了晚餐，矫情的香菜就该上场了，每一顿都离不了。不仅是她，孩子老公也都喜欢吃，香菜就成了她厨房里的日常，免不了要见天去市场上买。可是能碰到好香菜却不大容易。好香菜要水嫩嫩的，一点儿不能干。机灵灵的，一点儿不能蔫儿。也不能长得太大，一大就显得粗糙。当然也不能太小，毛茸茸的也不像个样子。要不大不小的，就像十岁左右的漂亮小女孩……唉，这好香菜，怎么说着说着都像是个“小萝莉”呢。

天长日久地买着就知道了，菜市场卖的就是不行。说到底，菜是要上秤的，这就得要分量，要规模——压秤才能赚钱嘛。因此十有八九见到的都是大香菜。勤喷着水，倒也不蔫儿，只是大杆子大叶儿，粗糙是一定的。样子糙，香味儿也跟着糙起来，就没有了那股子幽幽之气。仔细闻去，还有隐隐的大棚塑料的味道，让人顿时少了几分兴致。偶尔也能碰到“小萝莉”般的香菜，免不了要多买一些。可是香菜的矫情劲儿又显摆了出来：一放两三天，蔫样子就出来了，黄叶子也越来越多，就得摘掉。摘着摘着就得扔掉一大半。冤枉了钱倒是其次，只是觉得这么不容易碰到了好东西还得眼看着它被糟践，总让她有些小小的沮丧。

为了香菜，她没少发愁。说来好笑，为香菜发愁，也不算是个正经事儿。说都不好意思去说的。

三

那天，她在小区闲逛。太阳暖暖的，是秋天好脾气时才会有的太阳。还刮着温和的风，像是老天爷好脾气时才会有的鼻息。逛着逛着，她就闻到了香菜味儿。这香菜味儿是很随意的，随意里却有着一种浓郁，是香菜特有的那种傲娇的浓郁。她直觉来了：好香菜。于是她小心翼翼地寻着这味道，轻手轻脚地跟踪着，生怕跟丢了似的慢慢踱着步，走了不多一会儿，眼前果然就出现了一盆香菜。

香菜种在一个废弃的花盆里，两尺见方，应该是种盆景的盆吧。小区的角落里，时不时会看到这样的盆，里面的花草盆景没养好，半死不活的，主家看了堵心，就把它们废弃掉，扔了出来。在角落里待上两三天，也就不见了，多半是保洁工拉走，擦洗清理一番，再转卖给花卉市场。都那么忙，谁会再捡去种点儿什么呢。

这盆里的香菜刚刚长出了俏模样。半尺高，婷婷袅袅，细碎的叶子嫩嫩地擎着，一副不知世事的样子，正是一簇簇“小萝莉”。若是不冲着它的香味，乍看还有点儿像铜钱草呢。她蹲下来，摸了摸它们的绿叶子，又摸了摸盆里的土。那土有点儿粘手的润。

真是一盆好香菜。

她犹豫了一下，真想掐两棵。犹豫了一会儿，总是不敢。左看右看，还是不敢。怎么办呢？到底没有做过贼啊。不过再转念一想：掐两棵香菜就是贼了？法律也不会这么定罪吧。而且要真是运气不好碰到了主家，也不是没有回旋的余地。就不能装个傻问问：“你这种的是啥？我想移一点儿种一种行不？”不信他还能把她按住打一顿？

终于还是掐了。回家配了紫菜和虾米，吃一顿虾肉馄饨。味道好极了。

四

有一次就有两次，有两次就有三次，越掐她越觉出了这香菜的好。是“萝莉”的分寸自不必说，现掐现吃的新鲜劲儿也着实让人惦记。量也不用再想，一天一两根就足够用……怎么着都该来掐的。

原来做贼也是上瘾的事呢。

头几次掐的时候她都是东张西望，颇有贼形。掐着掐着，就成了有阅历的惯偷，也便自然了起来。掐的时候便不再看人，下手稳准，得手便走。掐得的香菜便放在随手的塑料袋里，或者是衣服口袋里。一路从容到家，开了门第一件事便是将那一两棵香菜放在餐桌上，然后兀自嘿嘿地笑起来，愉悦得很。

也是奇怪，她从秋天掐到冬天，又从冬天掐到春天，掐了一次又一次，居然一次也没有碰见过那个主家。掐着掐着，香菜还又多出了一盆。两盆香菜摆在那里，俨然一副“野手掐不尽，春风吹又生”的样子。

掐着掐着，她偶尔会忘了这香菜是别人的，就觉得这是自己种的似的。

有一天，她在厨房忙着，腾不出手，便喊儿子去掐。这事她在餐桌上给儿子丈夫都说过几次，带着点儿小得意。

“我不去偷。”儿子断然拒绝。

“怎么叫偷？”她恼了。

“可不是偷？”丈夫也帮腔。

“人家知道不？不知道就是偷。”儿子言之凿凿，“哪怕没人发现，偷就是偷。”

“我倒想告诉人家，可找不着人，我怎么告诉？”她气得要撂勺子。

“你找了没？诚心找能找不着？”小家伙要把她给噎死了。

五

偌大的小区，看着楼挨楼，进去出来的人也不少，可是真要找香菜主，还真是毫无头绪。她又犯起了寻思。怎么找这个人呢？贴个启事：寻找香菜主人？这点儿酸溜溜的文艺作派，也太可笑了吧？还很迂傻。整天蹲在盆边守株待兔？她可耗不起那个工夫。要是人家三天浇一次水，她难不成还要蹲三天？

还是算了吧。

这香菜主人是个什么人呢？没事的时候，她也胡乱寻思。多半应该是个女人吧，男人哪有闲心种菜呢，还种香菜。可是再想想，也不保准儿。要是有跟着儿女来这里住的退休老头儿呢，没事儿干，也喜欢种个菜什么的。要真是个老头儿就好了，好歹是个大老爷们儿，即使有一天把她抓了现行，也不好意思跟她多较真儿，笑笑也就过去啦。要是碰到个老太太呢？老太太多半是难缠的，她又该怎么脱身？

再一想，也没什么不好脱身的。大不了赔礼道歉，再大不了给她点儿钱，还能怎么样呢？

给钱？——她心一动。要不，把钱放在香菜盆里？这倒是不错的法子。不亏不欠的。几根香菜能值多少？再不用担着小偷的赖名。就是将来真碰到了主人家，她也理直气壮地有了说辞：给钱了呀。

钱的问题，更有意思了。她仔仔细细地琢磨了好几天，终于定了几条小主意：一、每次只给一块钱。一块钱就够掐一星期香菜吧。一天一根，一星期也就六七根，这一块钱，可以。二、必须是硬币。不然要是风吹走了呢？要是香菜主人浇水把钱给泡烂了呢？三、钱的位置最微妙。放在上面，闪闪亮的，被不相干的人拿走怎么办？放得太深，放在香菜丛里，又怕主人看不见。好歹也是一块钱呢。

六

那天晚上，她掐过了香菜，就把一块钱埋在了盆里。那枚硬币半深半浅的，露了一点点儿头，有点儿扎眼，不注意的话也很容易忽略过去。这就对了，不是主家，谁会注意这盆香菜呢？

嗯，就这么样吧。

第二天她上班的时候特意路过，看了一眼，亮闪闪的，硬币还在。

第三天，还在。

第五天，钱没有了。

主家看到了？收了吧？她想。

那就继续掐吧。

她掐得越发踏实了。

七

那一天，她又去掐香菜，刚刚直起身，就看到一个老太太在看着她。

她心里一紧，下意识地想把那根香菜往口袋里放，手都摸到了口袋，又停住了。都这个时候了，再藏着掖着有意思吗？典型的此地无银三百两。

不过是根香菜，又能怎么样呢？再说，她给过钱了呀。她这么安抚着自己，慢慢朝着老太太走过去。

“这香菜，是在这盆里掐的？”老太太口气很平静，却是一副押解罪犯指证现场的口气。

她站住，点点头，谄媚地笑笑，回头指指那个盆：“您种的？”

“嗯。”老太太的脸突然硬起来，“吃人家的菜，也不打个招呼啊？”

“找不着人。”

“找了没？”

“找了，”她忐忑着奋力往语气里注入着诚恳，“可也不能整天蹲在这里等吧，还是挨家挨户问？还要上班呢。特别忙。”

“就你特别忙？谁不忙？”

她有点儿心慌，果然是个难缠的老太太，这理怕是没办法讲了。

“其实，我放了钱的。”

“都是你放的？十二块。”

“对。”

老太太沉默了片刻，脸更硬了。

“我是卖菜的？”

“我不是那个意思。”

“不是钱的事儿。”

“对，对，”她忙不迭地跟着老太太的话茬，“不是钱的事儿。”

“我不缺那点儿钱。”

“知道，我知道。”她说，“您的劳动，很辛苦的。”

“辛苦倒也说不上。顺手的事，倒也累不着。”

两人都沉默了。

——这老太太，眼看活一辈子了，说话还这么犟。顶撞是不行的，说好话也没用。到底该怎么好呢？她想走，可是就这么走，走得了吗？

只有熬着。

她有些后悔掐那些香菜了。那些诱惑她的“小萝莉”啊。

“好吃不？”老太太终于又开了口。

“好吃，好吃，真好吃。”

“籽儿好。”

“这香菜……还分种类啊？”

“嗯，白花，紫花，山东大叶……好几种呢。这是原阳秋。”

她暗暗松了口气。

“过两天，我也去买点儿种子，跟您学种香菜吧。”

“不是特别忙吗？”

无话可答，她朝着老太太笑，笑得有点儿无赖：“那，以后我来浇水吧。”

“你知道啥时候浇？知道浇多少？”

她把笑收住，做了个鬼脸。

“你们年轻人，啥都不知道。”

她乖乖点头。

“就知道吃。”

她继续点头：“真是很好吃呢。”

“自家种的，哪能不好吃？”老太太回身看一眼楼群，“住几号楼？”

“三号楼一单元。”——又有点儿悬心，不会是去物业告她一下吧？虽然算不上是什么事，不过真要当个事儿去说，也挺丢人的。

她看着老太太的脸色，把手里那根香菜递了过去：“还给您。”

“哈，”老太太倒是一副气笑了的样子，“都掐下来了，还我干啥？我今儿吃不着。”

一阵小风吹来，暖暖的。她喜滋滋地笑着，任老太太抢白，知道这一关算是过去了。

“那，我走了？”她说。

“莫非还等我请吃饭？”

她吐吐舌头，从老太太身边走过。

“对了，”老太太叫住她，“以后别往盆里放钱了。”

“那，我给您送家里？您家是？”

“得了吧。”老太太一挥手，“我不要。”

“那，你的香菜，我以后还能吃不？”

“这人，我还甩不脱了。”老太太又笑了，“以后，吃你自己的。”

“哦。”

她有些落寞。说到底，老太太不想让她无止境地吃自己的香菜。这老太太，还是小气呢。——她打了一下自己的脸：“呸，这念头起得没良心呢。人家的香菜你掐了这么久，也可以了吧？不能太贪婪不是？碗米养恩，斗米养仇。难不成人家的好香菜还养出了自己的小怨恨？”

那几天，她再也没掐老太太的香菜，也没去市场上买。吃惯了好吃的，就不想再吃赖的。人的胃口就是这么娇气啊。她盘算着，恐怕还真得自己种呢。

八

一周后，她发现自己家的单元门口，出现了一个花盆。花盆里，种的也是香菜。她端详了好一会儿，这香菜和老太太盆里的一模一样，也是原阳秋呢。

卧铺闲话

一

那应该是2018年的初秋吧，我去江苏东海开了一个会，返程是下午四点四十六分的火车，一趟K字开头的慢车——彼时那趟线路还没有开通高铁。在我第一次坐火车的时候就知道一个说法：K代表“快”。而如今，这K却意味着慢，有种声东击西的幽默感。

不过，即便还没有开通高铁，也可以选更快一些的方式。连云港也有机场，只是航班不直飞郑州，若是转飞，折腾来折腾去，那就还不如火车，哪怕是慢些的火车。毕竟是在陇海线上，虽然慢，却可以直达。这时候的慢，又成了另一种意义的快。

我的票是软卧车厢的一号下铺。上了车，到了包厢门口，厢门紧闭。我敲了敲门，没动静。拉了两下，没拉开。正准备再去拉，里面便有人替我拉开了。是个老爷子，看着有六十出头，黑红脸膛，十分方正。拉开门后，他便又躺在了方才的铺位上，那正是我的铺位。待我说明，他便起身，坐在了对面。那里已经坐着一个老太太，也是六十出头的模样，身材已经发福，脸盘却隐约透着当年的娟秀。她铺位板壁的衣钩上挂着一个鼓鼓的大塑料袋，清晰可见装着鸡蛋、卷纸、苹果、馒头、面包之类的物事，还有两桶红艳艳的方便面。

我想把行李箱放进包厢门顶上的行李搁架，却又懒得那一托举。正犹豫着，却听见老太太说："放那儿吧。"

她指的是茶几底下那一小块空地，应该能放下一个小行李箱。

"会不会不方便？"

"没事。"

相对一笑。我放好行李，坐下。老夫妻说了几句话之后，老爷子身手矫健地爬到了上铺，翻看着一本杂志。

"二位从哪里上车的呢？"我寒暄。

"连云港。"老太太说。

这问题问得，真够蠢的。可不就是连云港吗？也只能是连云港。东海的上一站就是连云港，连云港是这趟车的始发站。

"去哪儿呢？"

"兰州。"老爷子说。

老爷子的口音像是西北人，老太太的口音却像是连云港这边的。

"你们是连云港人？去那边旅游？"

"我们就是兰州人。"

"哦。"

我喜欢兰州，兰州的面，鲜百合，三炮台，都好。兰州人说话也好听。还有兰州这个地名，美极了。

二

安顿好了，我忙着打电话处理事。老爷子在上铺翻书，老太太看着手机，也不知在看什么，不时笑出声来。六点钟，外面过道上响起了叫卖晚饭的声音。老太太一样一样地拿出了塑料袋里的吃食，招呼老爷子下来。小小的空间很快丰饶的气息充盈。茶叶蛋的咸香，苹果的甜香，方便面的酱香……

我素来不喜欢在旅途上吃东西，就什么也没吃。老两口吃饭的声音格外响亮，唉，真是太响亮了。

"你不吃饭哪？"老太太说。

"不饿。"

"吃点儿吧。"她把一个馒头递过来。

"谢谢，我真不饿。"

她收回了手，继续吃着自己的。吃完了，也收拾完了，她又把馒头递过来："多少得吃点儿啊。"

她这样，可真像妈妈。普天下的妈妈，都是这样吧。

"这馒头是我自己蒸的，好吃着呢。"她说。

我接过来。是的，"自己蒸的"，这对我有着巨大的吸引力。所有家庭主妇们亲手做的吃食，尤其是面食，对我都有巨大的吸引力。她们自是各有各的风格和喜好，却也有共同之处：结实、筋道、耐心，用《大长今》里的说法，就是充满了对食物的诚意。

平日里，我从不在超市买馒头。我吃的馒头都属于特别定制——姐姐在乡下蒸好，要么托人捎，要么走次日即达的快递。收到后我就把它们冷冻到冰箱里，随吃随取。

手中的馒头暄软圆白，白中还泛着一层舒服的微黄，散发着我熟稔的面香。

“我放了碱的。”老太太说。

“嗯我看出来了，碱色揉得匀，好吃。”

“榨菜呢！”老爷子对老太太喊。老太太闻声答应着，却把榨菜朝我递来，我这才明白，老爷子是在提醒老太太让我吃榨菜，却不直接跟我说。这是什么规矩呢？尽管有那么一点儿封建，却也有那么一点儿可爱。

在老太太的指导下，我把馒头一分为二，在瓤里夹上榨菜，一边吃一边夸。作为一个接受馈赠的人，这是起码的教养，我懂得。

老太太看着我吃，脸上笑意盈盈。

“你们河南人也会蒸馒头，对了，你们还会做那个烩面——”她说。

我也忙回敬：“你们的兰州拉面……”

“不叫拉面，叫牛肉面。”老爷子突然说。

老太太朝我使了个眼色，跟着说：“兰州人都叫牛肉面。”

“对对对，是牛肉面。”我马上承认错误。这错误对我来说不是初犯，还真是记吃不记打。我在“今日头条”上发过的唯一一条阅读量超十万的帖子就是说在兰州吃拉面如何如何，被网友们抨击得一塌糊涂。上百人跑到评论区对我科普：兰州没有拉面，只有牛肉面。嗯，这是一个严肃的学术问题。

三

睡觉还早。那再聊会儿天：“你们去连云港是有啥事？”

“看外孙子。闺女嫁这里了。”

“您几个孩子？”

“就这一个闺女。给了这儿了。”

“怪不得呢。得常来吧？”

“嗯。太远了。”

“是远。”

“你们可以今年来看她，让她明年过去看你们。”

“不行。他们没假。闺女回去待不了几天，最多也就一个礼拜。我们退休了，来看她方便，想住多久住多久。一百四十平方米的房子，还带有阁楼，住得倒是挺宽敞。”

“哟，那真不错。”

这是成人子女和父母之间最常见的模式。那姑娘应该是“80后”。这是一对公职夫妻，他们青春盛年的时候，计划生育正是铁律，所以他们只能有这一个独女。女儿成人后远嫁，他们也就只能千里迢迢地来看她，和她的孩子。

“小外孙多大了？”

“小学三年级，九岁。”

老太太说着便翻开手机，给我看外孙子的照片，虎头虎脑的一个壮小子。

“多好啊。你们三代同堂，这就叫天伦之乐。”

“乐是乐，其实也可累。一天三顿饭，还得打扫卫生，洗衣裳……忙得停不住。我跟闺女说，‘再往这儿多跑几回，我就得少活两年’。她说，‘不叫你干你非干’。唉，我是闲不住呀，看见啥就要干，想起啥也要干。可是身体真不行了，顶不住。只能走，眼不见为净。回去歇歇，歇过劲儿了再来。”

老爷子咳嗽了两声，从上铺下来，摸出了烟，出了包厢。老太太看着他的背影，神情顿时明显松弛：“又去抽，有啥可抽的。咋说也不听，费钱又伤身。”

“费钱还在其次，主要是伤身。”

“就是说呀。一劝他就说，‘习改常，生祸殃’。”说着就笑了。

我也笑。

“还好打麻将。打得可勤。”

“打麻将也不是坏事，只要时间不长。可以锻炼脑子，据说还能预防阿尔茨海默病的。”我说。

老太太沉默着，没有接话。大概是觉得此话不投机？那就换个方向投投试试：“不过呢，也容易出事。我妈就喜欢打麻将，在老家县城，五块钱一把，一下午输赢有四五十，可没少生气。回家就气得摔锅打碗，但下回还去。”

“他打的是一百的！”老太太的怨气终于撒了出来，“一场下来，都要输个两三百。都是和他的侄子外甥打，输了就赖他的账。我一说，他就是那句‘肉要烂在自家锅’！”

我笑。

老爷子进来了，看了老太太一眼。

“您蒸的馒头太好吃了。”我说。

“我这儿还有饼哩，更好吃。”老太太说，“也是我自己做的。”

这一瞬间，两个连对方的姓名都不知的女人，只认识两个多小时的女人，抵达了最大的默契。

四

手里的饼微微有些暗褐色，圆鼓鼓的，娇小玲珑，轻按一下，却是硬硬的，没有弹性。我说看起来有点儿像面包呢，老太太反复强调，不是面包，就是饼。是用烤箱烤的，是核桃饼。怎么做？用油和鸡蛋和面，然后加入核桃碎，烤出来就是这样，酥香得很。

“你尝尝，尝尝就知道了。”

我接过来：“是甜的？”

“咸的。”

果然比馒头还好吃。细腻的饼屑纷纷往下掉。我忙伸掌接，接到掌心里怎么办？当着老太太的面，扔了也不合适，再说也真是好吃。于是就舔。看着我的狼狈样子，老太太笑得倒是很开心。

我自是极尽赞美，说郑州街上虽也有卖的，却不如她的手艺。老太太得意道：“那些开店的，咋舍得放这么多好馅料？”又说核桃是好东西啊，补脑子。你看核桃仁的样子，多像脑仁。

我吃着听着，频频点头。原料的样子像什么，吃进肚子里就会补什么，这真是典型的中国式的民间逻辑。吃肝就补肝，吃肺就补肺——吃爪子什么的就补手？年轻的时候我会较真儿，现在却不会了。当个有趣的闲话就好，真要去较真儿还有什么意思？

甘肃我去过多次。就聊起了静宁的苹果、苦水的玫瑰。老爷子也起了插话的兴致，比画着说静宁的苹果出口日本呢，那么大，那么红。

“就是贵。我们就买那些不能出国的，一样好吃，还便宜。”老太太说。他们的神色都骄傲得很。又说有个亲戚家就在苦水，苦水玫瑰今年行情不大好："去年一百块钱一斤，今年只有三十了。"

"哎呀，太心疼人了。"我大声表达着惋惜。

老爷子又问我去过陇南没有。我说去过。原来他老家是在陇南。我说陇南好呢，不缺水。在甘肃，不缺水的地方少。

老爷子点头，庄重地重申："不缺水。"顿一顿："离四川近。离九寨沟才两百多公里。"

"真是好地方。"

"是好地方。"

我说我还去过甘南，老爷子说他年轻时出差常去，甘南也是好地方。又说起敦煌，当然更是好地方……好地方真多呀。凡是住人的地方，哪有不好的呢？不好的地方，人怎么能长长久久住得下呢？

老太太的手机响了，只响了一遍铃，她就接了起来，口里喊着心肝宝贝，问吃饭了没，吃的啥饭，作业多不多。再过一会儿换了口气，显然是在跟孩子妈说话，说吃过饭了，没啥事，一会儿睡。"包间里就仨人，我跟你爸，还有对面下铺一个女的……"

——对面下铺一个女的，肯定是我啦。不过，也没错。我可不就是对面下铺一个女的吗？呵呵。

老太太聊了半天，又把手机递给老爷子，老爷子哼哼哈哈，三言两语就收了线。老太太埋怨他怎么挂了，老爷子说，不过就是那些个老话，明儿再说吧。

老太太悻悻地把手机收起来，开始一件一件地脱着外套、毛衣和裤子。最后只剩下秋衣秋裤，四仰八叉地躺倒在铺位上。突然间，她放了一个响亮的屁。

我们一愣，都大笑起来。

“有意见就好好提嘛。”老爷子来了一句，我们笑得更欢。

其实，我很想学她的样子，宽衣躺下。那多惬意。可是，不能。不能的还有老爷子。她和他是夫妻，不用避嫌。她和我是同性，也不用避嫌。这三个人里，享有跨界自由的，唯有她啊。

五

十点钟，顶灯熄了。我早早开了小壁灯，晕出一小片光。老太太也摸索着开了小壁灯。

“你多大啦?”她说。是还想聊上几句的意思。

“四十。”

“你可不像。面嫩。娃娃多大了?”

“十五。”

“是个啥?”

“男孩。”

“男孩好。”

“您闺女多大了?”

“三十六。”

“刚才看照片，长得像您。您年轻时一定是个大美人。”

她有些羞赧：“年轻时还能看。如今老了。不像个样了。”

“现在也好看呢。老有老的好看。”

如果不是顾及老爷子，我很想勾她聊聊当年婚嫁的事儿。那一定挺有意思的。——再没意思的事，多年过去回想起来，也会显得有意思。何况婚嫁这样原本就有意思的事儿呢。

老爷子的鼾声已经轰炸了过来。

“会影响你吧？对不起啦。”老太太说，“我是惯了。”——听了几十年呢，还能不惯？

“没事，我一会儿就下车。”我说。我下车的点是将近子时，不耽误回家睡一个整觉。

很快，老太太的鼾声也响了起来，和老爷子的一轻一重，构成了二重唱。再配着火车的节奏，够热闹的。想打个盹儿也不可能，那就听着吧。

黑暗中，我闭着眼，在这热闹里，渐渐地，却沉浸到一种踏实的安静中。自打高铁面世，就成了我的出行首选，许久没有坐过这种夜火车了。咣当咣当，稳稳的。高铁，怎么说呢？虽然是快，却是一种单纯的快，总怕错过站，更像是赶路。而这夜火车，却是慢中的快，也是快中的慢。这种感觉，真是美妙。

美妙的还有这一对平凡的老夫妻。我忽然觉得，若不是担心坐过站，我肯定也能在他们的鼾声里睡着——他们的鼾声于我而言，并不怎么陌生。就像他们的家长里短和喜怒哀乐，我也都不怎么陌生。我甚至有些自负地认为，他们没说出口的那些，我也能推测出个八九不离十。因为，我和我周围的人，我们的生活和他们的生活，从根底上去看，都是一样的。真的，都一样。

我爱他们，我爱他们这一切。而我这个无能的人啊，表达这爱的方式，也不过是在这短暂的旅程里，去最大限度地迎合着他们，和他们乖乖地聊一会儿天。好在他们也喜欢和我聊。我猜想自己在他们眼中是这样的：一个脾气不错，话挺多，敦敦实实的，喜喜兴兴的，胖姑娘。

给母亲洗澡

一

浴室的门错着巴掌宽的缝儿，母亲让我关严实，我说没事儿。她说了两遍，我也这么应了两遍，她就不再说了，只是不时警惕地朝门那里看看。和在老家相比，在郑州的她，气势上缩小了好几个尺码，显得怯弱了许多。此时脱了衣服，她明显更怯弱了一些。

“在自个儿家里，怕啥呢。”我说。

“不怕啥。”

“怕人看你呢。”

“那可不怕。就这一把枯树老皮，怕啥。不怕啥也不兴开着门呀，谁开着门洗澡呢。”

“可我得听着泥蛋儿的动静呢。”

“哦。那把门儿再开大些吧。”

泥蛋儿是我年方四岁的小侄子，我弟弟的宝贝二胎。泥蛋儿是母亲给他起的小名儿。他整日里嗒嗒嗒地跑来跑去，没个安生时候。弟媳妇小娜跳广场舞去了，侄女去上英语强化班，弟弟方才下楼说去买点儿东西，我不得操着小家伙的心？

果然，他就嗒嗒嗒地跑了进来，奶声奶气地喊："奶奶脱光光啦。"

"瞎叫个啥！"母亲满是宠溺地呵斥，眼睛就粘在了泥蛋儿身上。对这个小孙子，她是怎么看都看不够。

"哟！哟！奶奶脱光光啦。"泥蛋儿叫得更起劲儿。在幼儿园学会起哄了。

"谁说我光了？还穿着裤衩呢。"母亲低声说。她确实还穿着裤衩，宽大的平角裤，白底儿起着小蓝花。

"那叫底裤！不叫裤衩！"泥蛋儿纠正。

"叫啥都中，叫啥都中。"

"你也脱光光呗。"我怂恿泥蛋儿。

"才不哩。我不洗澡！"他一阵风儿地跑了出去。

低处的龙头汩汩地放着水，水位慢慢地往上涨着，眼看着泡住了母亲的腿。母亲坐在浴缸里，水汽缭绕中，像一尊像。自然不是佛像菩萨像观音像，可不知怎么的，就是像一尊像。

她用左手往身上一下一下地撩着水。也只能用左手了。自从中过两次风之后，她的右半个身体就越来越像是摆设了。

我把高处的花洒取下来，拿在手里，也往她身上冲着水，说："先洗头吧，不然头皮黏糊糊的。先洗了就清爽些。"母亲说："也中。叫身子先恶服恶服。"

我说："对，恶服恶服。"

恶服，特指浸泡脏污。除了豫北乡下的老家，我再没听说过别的地方有这个说法。洗脏衣服脏床单，洗油腻锅碗，又或者是洗人，总之，但凡是洗，但凡是洗之前的浸泡过程，都可以叫作恶服。恶，脏污。服，顺服。只有把脏污泡软，让它们顺服，接下来才能好好清理。这么理解是不是很合适？不曾见过老家有谁把这个口头语转化到字面上，反正我就是这么理解的。

母亲闭上眼睛。我把花洒举在母亲头顶，水流倾泻下来，母亲本来就花白的头发更花白了，本来就稀少的头发更稀少了。头皮大片地露了出来。花洒冲左边，左边头皮露得多，花洒冲右边，右边头皮露得多。

突然想起小时候母亲给我洗头的情形。大约是每周一回，彼时我的发量称得上是茂盛，这个频次就有点儿过低。没办法，母亲忙，我也贪玩，把时间凑到一起不太容易。洗头又不是什么要紧事，能拖就拖着呗。我每日里胡天胡地地疯跑出汗，头发里最是容易藏污纳垢，挨到必须要洗的时候，往往是因为母亲隔着饭桌都能闻到我头上的酸臭味儿。于是就洗。此时我脑袋上已经攒了许多“锈疙瘩”，要把“锈疙瘩”梳通，总是要费些劲儿，也总是有些疼的。于是母亲骂骂咧咧，我鬼叫狼嚎。一个像在上刑，一个像在受刑。每次洗也都要用好几盆水，可真是一项大工程啊。

等到渐渐长大，自己知道了干净，我就再也不让她洗头了，自己洗得勤快得很。再后来，就是给她洗头了。用过硫磺膏，用过“蜂花”，用过“飘柔”。到现在，我用的已经是防脱洗发水了。弟弟家里用的大概是个新牌子，没怎么听说过。

“水小点儿。多费。”母亲说。

我调整着花洒，让水流变小。

“这城里水贵的，能赶上早些年的油价钱。”

“瞧您说的。啥时候油都比水贵。”

“那是。油不比水贵，那还能叫油？昨儿小娜才买的那油，叫啥瓜子油，恁小一瓶，都花了一百多哩。”

“是葵花籽油。”

“就你会洋气。葵花籽不是瓜子？”

“是，是。”

自从母亲中风后，我就不怎么顶撞她了，她的脾气也被我惯得没了边儿，动不动就指责我训斥我，在我跟前要尽威风。

油跟水，不是一物，就不能比。人整天得喝水，谁整天喝油哩。油得炼，水用炼？天上下雨下雪那都是下水哩，啥时候见过天上下油？叫我说，水就不该叫人掏钱买。水跟土一样，都是老天爷赏人的。

中风一点儿都没有影响母亲的嘴皮子。利落得很，甚至更利落了。直到花洒冲洗发水的泡沫时，她才闭上了嘴。

二

已经有五六年了吧，每年入冬之后，母亲都要来郑州住两个月。暖气开通一个月后来，在腊八之前一定回去。

她原是不大愿意来的，每次来都要我和弟弟三求四请，软磨硬劝，她才会勉强答应。泥蛋儿出生之后，她就很情愿过来了。她跟我说，过来住一住，对谁都好。大儿子一家能好好松快一段时日，闺女和小儿子也能好好尽尽孝。谁的心里都得劲儿，谁的面子上都光鲜。

“别以为我没看出来，你就是想多看看你这小孙子。”

“那可是。”她慨然道。

“大孙子不亲？”

“你个挑事儿精。大孙子也亲，可那是老大家的。弟兄们再好，一门是一门的根儿。要算细账的话，我平日里亲大的多，还亏了这小的呢。”

水流中，母亲脸上的皱纹更明显了，老年斑和黑痣也更明显了。在水光的润泽下，这些倒也不颓丧，是闪亮亮的一种明显。她的左眼角有一个月牙形的小疤。

听她讲过很多遍，那是“大跃进”的时候，我姥姥在村外和社员们大炼钢铁，她和小伙伴们偷偷跑去看，你推我搡的，根本不知道害怕，越看离炉子越近。忽然间，炉子里爆出来那么一团火星子，直朝她飞过来，把她的一大片头发都烧焦了。

还好没破相。每次她都会这么感慨。以往我都会回敬她“那是您有福气”之类的，这次我决定改个说法。

“要是破了相，可怎么嫁进我们老李家哩。”

“你个龟孙，花销你老娘来了。”她骂。笑盈盈骂人的母亲，总是特别有光彩，那个神采奕奕的模样，好像根本不曾中过什么风。

母亲第一次中风是在大概十年前。那一年春天，我们家最靠北的那块地被上面“规划”了，说是要修一条高速公路。上面赔了一笔钱，说是收了当季麦子就不许再种庄稼，不定啥时候就会动工，到时候会毁庄稼，谁种谁心疼。有的人家就让地荒着，也有的人家不舍得让地荒着。在母亲的唠叨下，大哥大嫂就在那块地上种了玉米。进了农历八月，玉米穗眼看着一天天结实了起来，突然有一天就被工程队全部铲倒了。第二天，母亲就催着大哥大嫂和她去地里捡玉米。正值秋老虎的天气，那天也是热极了，一大片地里有好几个人中了暑，母亲则是中了风。

第一次中风后，母亲的后遗症并不怎么严重。我闻讯赶回家时，她都下了床在厨房门口择菜了。我埋怨她："你看看你，多不值当！地都是人家的了，你还非得要那点儿庄稼！"

母亲说："地是地，庄稼是庄稼。"

"人家不是把庄稼钱都给咱了吗？"

"钱是钱，庄稼是庄稼！"母亲的神情都有些严厉了。

我只好沉默。只听她自顾自地唠叨："也不知道那些货们是咋想哩，恁造孽，不可惜庄稼。就不能跟咱们早说个一两天，容咱们收收？"

母亲很快就开始了貌似正常的一切举止。其实那时她的右肢已经没有了足劲儿，可她但凡在村里行走，就会格外注意保持平衡。她说不能让人看出来，不能让人笑话，也不能让人可怜。

水汽氤氲中，母亲微闭着眼睛。这可以让我从容地看她。她在郑州期间，我的主要任务，一是给她做一次全面体检，根据体检情况开药调理——只要不是大问题，母亲就决不住院。她抗拒医院。她的口头禅是："那是啥好地方？不管身上有病没病，到了那个地方，心里就先病上了！"二呢就是常来看她，除了周末两天必陪，周二或者周三下班后也会抽空来一趟，送点儿吃喝穿戴，再给她洗洗头发，简单擦擦身子。痛快洗澡的日子都是在这样的周六晚上。周五我还要上一天班，太过紧张。周六上午能舒舒服服睡个大懒觉，午饭后到超市大肆采买一番，再来到弟弟家，给母亲洗晒一下床单衣物，然后早早吃过晚饭，细细致致地给她洗这个澡，顺便好好说说话。

这两个月间，在我的反复恳请下，她也会光临一次我家，但绝不过夜，晚上必定要回到弟弟家。

“没听说过‘七十不留住、八十不留饭、九十不留坐’？万一出了啥岔子，我可不能在别人家丢了最后那口气。她说。”

“我这里又不是别人家。”

“还就是别人家。”她叹口气，“闺女再好，也是门亲戚。”

最初听到这话，免不了要跟她辩几句。后来就不辩了，随她。

“唉，这日子多不经过，你老娘我可是都七十五啦。”母亲突然说。她总是这样，会突然强调一下自己的年龄，语气里有骄傲，也有感伤，似乎还有一种释然。

“不算大。加把劲儿，再活个七十五!”我说。

“油嘴滑舌。”母亲翘着嘴角，微微笑了。

这是我的母亲。她总是自称老娘。有时我也这么叫她：老娘。娘老了，就是老娘。老了的娘，就是老娘。虽然没有了老爹，但我是个有老娘的人，这就不错。即使她中过两次风，也不错。

三

水流中，母亲耳朵眼儿上的金耳环亮闪闪的，手上的金戒指也是亮闪闪的。

这是第二副，她戴了也有十年了吧？给她买第一副的时候，是我刚结婚不久。结婚时我没有让丈夫买“三金”，母亲一直暗戳戳地引导着我要，说咱们又没要啥彩礼，也没叫他买啥好衣裳，好歹有个“三金”戴着，办事儿那天也不会显得太素净。说得我没了耐性，明明白白地跟她说我不喜欢。她挺纳闷，说那是多好的头面啊。我说：“那我叫他买一副给您戴吧。”她狠狠地啐了我一口。

不知什么时候起，我一回村看她，就听她左一句右一句地提，村里哪个老婆子戴了金戒指，哪个老婆子戴了金耳环，有闺女的都是闺女买，没闺女的都是儿子买。她口气里很不屑，嘲笑人家烧包。我问她：“你是不是也想烧包?”她就骂我。我说：“我也给你买。”她说：“你可别狂花钱，我可不是那轻浮人。”我就买了一副“三金”给她。她先是叫着说：“一样儿就中了，你还买三样儿！人家新媳妇儿也才三样儿!”拿在手里看了看，就放在了一边，说：“你就是买了我也不戴，我可不是那轻浮人。”我说：“闺女我是个轻浮人，就想叫你戴上，叫人家夸我孝顺。戴呗戴呗。”她说：“那我就戴个耳环吧。”就戴上了。又说：“顶多再戴个戒指。”就又戴上了。项链死活不戴，说村里的老婆子没人戴。照着镜子看了看，又讪笑着说：“怪没脸的。”又说：“恁贵。”又说：“你就是杆实心秤，就不会买个假哩？买个假哩也中，看着黄啦啦的就中，外人谁知道是真是假哩。”我说：“我又不是买给外人的，我是买给亲娘你的。你要是后娘，我就给你买个假的哩。谁叫咱是真娘真闺女呢，可不能戴假哩。”

起初她还是不大舍得戴戒指，说干活儿不利落，又说怕把金子磨少了。只有走亲戚之类的重要场合她才会戴上。有一次，她在村里吃酒席回来，和面的时候取了下来，等蒸完馍却怎么也找不到了，也想不起放在了哪儿。急得哭，骂自己老没成色老没材料，拨拉着大哥一家子都给她找，还把刚蒸好的馍一个个掰开找。后来终于在案板和灶台墙的夹缝里找着了。再后来，她就常常戴着了。说是不怕丢，又说是金货避邪。

那时，老有新闻说，有骗子专门到信息闭塞的乡下去骗老年人的金首饰，我就有些担心。她好强，若是直接提醒她她肯定不受，我就曲线救国，每次回去就弦外有音地跟她扯闲篇儿，讲哪儿哪儿又发生了一起什么故事。听到后来她还是恼了，说："响鼓不用重槌，在这十里八乡，你老娘还算是个响鼓，省省你的槌吧。"

可她还是上了当。那次她是去镇上赶集，看见一个地摊前围着很多人，她就也凑了上去。摆地摊的是一个白胡子老头儿，穿着白衫，有点儿仙风道骨的样子，是个"野先儿"——我们老家都这么称呼到处流逛的游医。人挺和气的，说起话来慢条斯理，稳妥妥的。他面前铺着一块干干净净的白布，白布上摆着一堆草药，说这些药能消炎，能解毒，能去火，能顺气，最关键的，是还会免费送出几服药，只不过得挑有缘人。他一眼就挑中了母亲，说母亲一看就儿女双全，是上辈子积德积得厚，这辈子就该有福报，就给福人再添点儿福吧。只是在给药前，需得先做个测试。金戒指和金耳环会影响测试的准头儿，需得摘下来。母亲就取了下来，"野先儿"叫她交给他保管，母亲有些犹豫，"野先儿"笑着说："老姐姐，这么多人看着哩，你怕啥。我这里有平安符，把这两样贴身物给你包一包，还能再送给你个全家无论远近老少儿女子孙都平安的大平安哩。”

母亲就交了出去，眼珠不错地看着他把戒指耳环放进了红彤彤的平安符中。“野先儿”还对着平安符吹了一口气，才放在了一边儿。他给母亲的手腕上涂了点儿药水，看看颜色，说测试合格。接着就给母亲包了草药。包好药后，他把药和平安符一起给了母亲，让母亲第二天才能打开平安符，若是时辰不到就打开的话，“法力”就散了。

事实上，从镇上回家的半路上，母亲就开始心神不宁。快到村口的时候，她还是没有按捺住，忐忐忑忑地打开了平安符，发现金戒指和金耳环都变成了假的。虽然也是“黄啦啦的”，却是铜的。她转头就往镇上走，到了集上，集还热闹着，那“野先儿”的地摊却如她最担心的那样，消失得无影无踪。她站在不远处，看见原来摆摊的地方站着两个老太太，一个在骂，一个在哭。

母亲没有上前。她说她看清楚了情况就走了。她怕人家也看出来她是丢了金货，她这个响鼓已经叫骗子的槌擂过了，喧嚷出来只会让别人的槌一擂再擂。她丢不起这个人。这事儿憋在了她心口，那两天她都没有吃下饭，然后就病了，发烧不止。任谁怎么问都闷着不理。大哥打电话给我，我赶紧返回，我一进门，她的眼泪就淌了出来。我问了好半天，她才吞吞吐吐地说了缘故。她一边哭，一边痛骂自己老没成色老没材料。我说：“没事儿，就当丢了。丢东西又不是丢人。”她说：“丢东西就是丢人！”我说：“我再买不就得了。”她说：“可不要了。你那钱也不是大风刮来哩。”

话堵到这里，我就不劝了。她懊恼了半天，终于还是回转了过来，犹犹豫豫地说：“都知道闺女给我买了金首饰，以后走到街上，人家问我‘你闺女给你买的黄啦啦哩?’，我可咋说哩。”我连忙接住话茬说：“咱再买呗。你又不是丢了闺女，闺女又不是没有钱，咱又不是没地方买。”她扑哧笑了。想了想：“说那项链一次都没戴过，还崭新哩，你拿去换成戒指耳环吧。”我说不行，“三金”一样都不能少。她说：“那这回真得买个假的吧，我看我也不衬戴真的哩。”我说：“咱买两副，一副真的一副假的，你想戴哪副就戴哪副。”过了一会儿，她又心机重重地说：“人家要问原来那副哩。”我说：“你身上的物件儿人家谁操闲心呀。”她说：“这你可不知道，满村就那几个人，谁在街上咳嗽一声，不看脸儿就能听出是谁的喉咙。这是寻常物件？这可是金首饰哩，黄啦啦地晃着，那就是会说话哩。谁不看在眼里!”

我说：“这也简单。你就说，郑州的店里有活动，能以旧换新，闺女非要换个新鲜样式给你戴嘛。谁叫你养的闺女太孝顺嘛。”她这才畅快起来，骂道：“还孝顺死你个龟孙哩。”停了好大一会儿，才像发布世界上最重要的真理一样说：“唉，还是有个闺女好呀。”

四

洗完了头发，洗发水的泡沫也落了一浴缸。一朵一朵地漂在水面上，像一朵一朵虚幻的花。母亲坐在花里，有点儿不像是母亲了。

泥蛋儿又嗒嗒嗒地跑了进来。

“奶奶坐在奶油里啦。”他喊着，就凑过来用小手去鞠泡沫。

“这可不能吃。”母亲慌忙说。

“我知道！我又不傻！”他想把泡沫往母亲脸上抹，又够不到，差点儿跌进浴缸里。我只好用湿淋淋的手一把抱住他。

“你也脱光光吧，和奶奶一起洗。”

“我不！我不和女生一起洗澡！”

我和母亲一起大笑起来。

“俺泥蛋儿多乖，都能分清男女呢。”

原本就得意扬扬的泥蛋儿更得意扬扬，他指着母亲的乳房说：“奶奶，你也有咪咪！”

母亲笑得合不拢嘴。招呼他：“吃奶不吃？”

“我才不吃！我从来不吃！”

“咦，你可不知道你那时候吃得多欢！”

“你胡说！你胡说！”

泥蛋儿朝母亲撩着水，母亲也朝他撩着水，祖孙两个闹得不亦乐乎。不一会儿，泥蛋儿也就湿淋淋的了。我干脆擒拿着他，把他剥了个一干二净，飞快地给他冲了个澡。刚给他洗好，弟弟也回来了，我们俩在卫生间门口，一里一外，把泥蛋儿给交接了过去。

给泥蛋儿冲澡的时候，母亲就那么盯着泥蛋儿，简直都舍不得眨眼睛。

母亲的第二次中风，就是因为泥蛋儿。这事儿说起来，其实也跟人家泥蛋儿没啥关系。在我大嫂怀我大侄子——也就是母亲的大孙子时，母亲去邻村的观音庙里上了香。她说那个庙里的观音就是灵，当然也是因为她诚心诚意地跪够了一个时辰，所以才得了大孙子。因此呢，她认为小娜怀泥蛋儿的时候，她也有必要再去上上香。在我们的坚决反对下，她做了暂时的表面的妥协，到底还是趁大哥不注意，自己偷偷跑了去，跪够了一个时辰，起来的时候就又犯了病。那时已是深秋，霜降刚过。

那一次，我们谁都没有埋怨她。有什么可埋怨的呢？埋怨又有什么用呢？

“我能生个儿子，也是因为您跪了吧？”过了很久之后，我和她开玩笑。当然我也得到了意料之中的回答：“这可不能居功。我可没跪。要跪也是你婆婆去跪，人家是当奶奶的嘛。我去跪个啥？”

因为把最小的泥蛋儿放在了心尖尖儿上，母亲有时候说话就会失了分寸。我们几个都常给她一些零花钱，这些年她大概存下了有三四万，对这钱的归属她早就宣扬过，说：“那都是泥蛋儿的，你们可谁都甭想。”这话惹得大嫂和小娜都不大高兴。大嫂不高兴她偏心，说：“偏就偏呗，面儿上咋也得平嘛，赤裸裸地偏了小孙子，把大孙子往哪儿搁？”小娜不高兴：“又没多少钱，显得咱沾多少光似的，我可不想承老太太这人情，实在是犯不着。”妯娌俩都有理。我们也只能承认，老太太是有些老糊涂了。

母亲的皮肤上已经有了一层薄薄的灰白膜，看样子是“恶服”好了。我便开始给母亲搓澡。先从脖子搓起。她脖子下深深的颈纹一道叠着一道，像是起了皱的棉布。我尽力把纹撑展，一下接着一下，慢慢儿地搓。

"你轻点儿，当我是搓衣板呀。"

我便把手劲儿放得更轻些。其实我都没怎么敢使劲儿了。如今的母亲比以前瘦多了，也更容易疼。

搓完脖颈，我开始搓胳膊。很快，灰白色的泥垢便滚成了一小条一小条，有点儿像是……像是什么呢？对，像是炒熟的碾馔。碾馔，如今知道这种东西的人恐怕不多了吧，更别说吃过了。碾馔用的食材就是已经饱满却还没有变坚实的青麦粒，把这种青麦粒放到石磨上去碾，一遍一遍地碾，碾成青绿色的小条条，这就成了碾馔。母亲炒碾馔的时候，会放很多大蒜。有时候再奢侈一点儿，会再破个鸡蛋，那更是清香四溢。

背还是重中之重，需用的时间最长。母亲的背并不是那么宽阔，却也得让我搓上好大一会儿。搓着的时候，像是在锄地。像是在给庄稼松土。像是玉米出苗后给它们间苗。需要搓两遍。先是从上往下搓，然后从下往上搓。以前，我只是从上往下搓，母亲总觉得不够过瘾，嫌太顺当了，就要求我从下往上再搓一遍。我便听她的，从下往上再倒搓一遍。这样搓完之后，母亲方才觉得圆满。

搓着搓着，母亲的背就有点儿红了。如果她的皮肤很白的话，如我的皮肤一样白的话，那此时应该是很红很红的，可是她的背，因为苍老的缘故，因为黑的缘故，只是显得有一点儿红。

背上搓下来的"碾馔"也最多。缤缤纷纷地落下，颇有些规模。母亲身上还能搓下这么多"碾馔"，这真好，真好。在欣悦的同时，我的心里也有一个黑黝黝的地方正在塌陷：真怕母亲身上能搓下的"碾馔"越来越少，越来越少——这简直是一定的。

甚至有一天，再也没有了“碾馔”，就像一块土地停止了对麦子生长的滋养。那就意味着，我再也没有老娘了啊。

“妈，我都好几年没吃碾馔了。”

“咋想起这口儿了，”母亲道，“要吃也得等明年的新麦啦。”

五

二十多年前，母亲也曾给我搓过一次背的。迄今为止，那是我记忆里最深刻的一次搓背，因为疼。那时我还没结婚，刚上了班没多久，有一次，往老家打电话，母亲在电话那边喜滋滋地告诉我，镇上新开了一家澡堂子。“可卓了”。卓，这也是我们老家方言，很漂亮、很不错的意思。不久，我回去看她，就带她去镇上洗澡。澡堂果然很“卓”，居然还开设有包间。我想要个包间，母亲不肯，让我别烧包了：“你刚上班，才挣下几个？省下那钱，买点儿啥不好？”

于是就去洗大间。已是初冬，又是周末，洗澡的人还挺多的。熙熙攘攘的裸体中，母亲一层一层地脱着衣裳，也不太敢看别人，神情很是有些羞赧。我三下两下脱光后，就去帮她脱，她一把把我推开，说：“别管我。”我只好等她脱完，然后给她把衣服归置到柜子里，又给她拿来拖鞋，扶着她走进浴室，让她先进池子里“恶服”。母亲一进池子就碰见了邻村的熟人，那个老太太也是闺女带着来洗澡的。母亲和她热络地聊着天，才渐渐自如起来。

等我在淋浴间洗完，母亲也在大池子里“恶服”好了。我把她从池子里扶出来，给她搓背。那时候的她，还只需要搓背。那时候的她，背厚实得像案板。那时候的她，总是让我使劲儿再使劲儿。那时候的母亲，还很年轻，那么那么年轻。

给母亲搓完之后，轮到母亲给我搓了。她可是真下力气啊。搓了第一下，我忍着。第二下，就忍不住了，我说："疼。"母亲说："恁娇气。"第三下的时候，我从她手掌心里逃了出来，说："别搓了。太疼了。"母亲说："不这么着哪能搓干净呢。"我说："反正我不搓了。你快把我的皮给搓掉了。"就是那一次，我的背当时就被母亲搓出了一道道的血印子，之后还结了一层薄薄的痂。我给母亲看，母亲还是那句话：恁娇气。

母亲其实用不着搓澡巾。她的手掌就像一个搓澡巾。

"姑姑，你在干什么？"换过衣裳的泥蛋儿又进来了。

"给我妈妈搓澡呀。"

"我也想搓！"

"不行！"

"为什么？"

"因为这是我的妈妈呀。我的妈妈，就只能我来搓。"

泥蛋儿乌溜溜的眼睛瞪着我。

"你等你妈妈回来，给你妈妈搓就好了呀。"

"哦——"

"你姑姑诳你的。"母亲朝着泥蛋儿伸出左手，说，"俺泥蛋儿真孝，恁大点儿就知道给奶奶搓澡，来，来搓两把。"

泥蛋儿就猴上来。我只好抱着他，让他学着我的样子，在母亲背上搓了几把。

"搓得恁卓。俺泥蛋儿恁仁义，恁乖。"

“记得回头给你妈妈搓澡呀。”

“孩子都得给妈妈搓澡吗?”

“对呀。”

“哦。”

搓够了，泥蛋儿又跑了出去，只听到他大声喊：“爸爸，你为什么偷懒，不给你妈妈搓澡!”

和母亲笑了一会儿，我继续给母亲搓。搓她的腋下，搓她的两肋，搓她的乳房。褪掉她的内裤，搓她的肚子，她的小腹……她的身上有很多疤，大大小小的，都有缘故。小腹上那道长长的疤，是生完弟弟，做结扎手术留下的。左大腿上有几个耙齿痕印，是20世纪80年代初，刚分地没多久时，大哥借了“小四轮”耙地，大哥开车，母亲就站在耙上压耙。耙在土地上跌宕起伏，把母亲摞倒了，母亲的左腿被耙齿耙住，她大声喊着，可是“小四轮”的声音更响亮，大哥根本听不见。直到邻地界干活儿的人觉出了异样才把母亲解救了出来。左手腕上的小疤，是那年父亲得了癌症，母亲病急乱投医，在一个“野先儿”那里求了药，还按吩咐放自己的血做药引子，原本只是咬手指放血，嫌放得少，也放得慢，就割了自己的腕，倒是放得足了，差点儿没止住。右乳正上方那个小疤呢，则是她自己用铁棍烙的。那里不知什么时候起长了个软软的小肉瘤——后来我确认了一下，那叫皮赘。她听人说用烧红了的铁棍烙掉就行，居然就真的那么做了。而且居然真的也没事，只是留了这么一个小疤。她对此很是得意。

这么想起来，母亲倒是没有因我留过疤——唉，她眉心的那个小圆疤，我怎么给忘了呢？那时母亲怀我的时候营养不良，月份越大越难熬，在家里纳着鞋底都能晕倒，一头磕碰在了桌角上，伤好后就有了这个疤。后来讲起这事，她还挺有些幽默感地说："都说怀闺女的娘更俊，敢情俺闺女就是叫俺这么俊的呀。"

最后搓的，自然是母亲的脚。母亲的脚，左大拇指有点儿歪，因为十来年前骨折过。当时她正在做晚饭，猛听见大孙子在门口号哭，就慌忙往外跑，跑得太急，就被门槛绊了一下，把大拇指给绊折了。她当时根本没在意，直到实在不能忍了才去让村里的赤脚医生给看一下，上了点儿跌打损伤的药。定型之后，大拇指就成了这个样子。

"没啥。又不妨碍干活儿。"她说。好像这世上最重要的，最要紧的事情，就是能干活儿。

六

给母亲搓好了第一遍，再搓第二遍。第二遍，灰白的"碾馔"就少多了，只是零零星星的几小条了。

第二遍搓完。母亲道："这可搓净了。哪个汗毛眼儿都在出气儿呢。"

要把浴缸洗一遍才能再换水。怕母亲在浴缸边沿儿坐不稳，我便把弟弟叫了进来。我把浴巾围拢在母亲腰间，母亲用左手紧紧地捏住浴巾两端的合口。我扶住母亲，叫弟弟去洗浴缸。弟弟埋下头，唰唰唰地清洗着浴缸里的污垢。薄薄的属于母亲的污垢。

"搓出这些腌臜，能上几亩地了。"母亲说。这个上，是给地上粪的意思。

弟弟把污垢刷干净后，又用花洒把浴缸冲了又冲，冲了又冲，仿佛想要冲出一个最新的浴缸。

“中了，二小，这还不干净？还能咋干净？费水。老贵。这些个水，也能浇老大一片地了。”

在郑州，母亲的思维永远是要和豫北老家对比着来的。听小娜说菜价，她会说老家这些个菜一块钱能买一大兜。听小娜说电费，她会说这一个月电费够村里谁谁谁一年的了。有一次，说得小娜不耐烦，就说她：“老家是农村，这可是省会。”母亲竟然接话道：“叫我说，为啥叫省会，就是因为啥都恁贵，更得省着。省会省会，省着就会，不省不会。”此妙语一出，遂成了我们家里的金句。

“水能有多贵!”弟弟说。他不抬头，闷闷的，口气有些凶。

“你看看你这孩儿。都说不当家不知柴米贵，你这都当家多少年了，还不知道柴米贵？还恁不识说。恶声歹气的，还吃人咬人哩。”

弟弟抬起头看着母亲，嘿嘿嘿地憨笑着，那样子比泥蛋儿还呆萌。

“妈，你可真会给人安罪名呀。”弟弟说。

母亲也笑了，说：“我自己的孩儿，那还不是想咋说就咋说!”

刷干净后，我和弟弟扶着母亲——弟弟几乎是半抱着母亲——让她重新在浴缸里坐好。在这个过程中，母亲一直用左手紧紧地捏住浴巾两端的合口，生怕浴巾掉了似的，直到弟弟出去方才松开。

母亲坐稳妥之后，我开始放新水。水哗哗地流着，水位一点一点地上升着，像是正在生长的柔软水晶。母亲就坐在这生长得柔软水晶里，微微闭着眼睛，似乎是要睡着了。

我一边往母亲身上撩着水，一边有一搭没一搭地逗她说话：

“妈，早些年，你跟我爸都咋洗澡啊？”

“汉们讲究啥，咋着都能洗。夏天河里洗，冬天烧盆热水抹抹搓搓就中了。我就是在家洗，咱那个大红盆，用了多少年。”

“妈，咱们今年过年去旅游吧？别在家招待亲戚了，老烦人。”

“那可不中。大大长长的一年，不待亲戚？跟亲戚们说‘甭来啦俺要去外头耍’？那可不中。”

“妈，要是真让你挑个地方去耍，你想去哪儿？”

“真要叫我挑呀……”她忽然有些不好意思地抿了抿嘴，“想去南京和北京。说起来，你在北京上的大学，二小在南京上的大学，村里可有人问呢，南京啥样，北京啥样，还怪想说说嘴呢。”

“那为啥哪回叫你去你都犟着不去?!”我气得把毛巾摔到了浴缸里。

“你个龟孙。说闲话哩，咋还恼了？”母亲睁开了眼睛，倒是笑了，“如今说想去，算是迟了？”

“不迟！”我恶狠狠地说，“等过完了年，天一暖和了就去！”

“唉，不去了，我也就是说说。看景不如听景……”

“必须去！”

“中中中，去去去。”

……

水放够了。无须再搓，我便用毛巾轻轻地擦着母亲。擦她的大腿，擦她的大腿根儿，擦她的屁股，擦她的膝盖，擦她有些僵硬萎缩的右腿……擦着我能擦到的她的一切，她的松懈的下垂的一切。

再次擦胸乳时，视线向下，我看见了母亲的小腹。累累垂垂的横纹，如同一条条微型的道路，黄中带褐的肤色恰如土地，道路的颜色则要深一些。道路中间的阴影时宽时窄。小腹之下的阴部毛发，则是如雪如盐的纯白。

似乎是打了个盹儿，母亲突然闪了一下，睁开了眼睛。

“妈，咋样？洗好了吧？”

“可好了。”

“卓吧？”

“可卓了。”她满足地叹了口气，说，“都说有闺女给洗大澡是福气，叫我说，能洗上这小澡才是福气哩。”

“又胡说了！”

——老家规矩，临终前用清水抹洗全身，就叫洗大澡。这是女儿们要做的事。

我喊着弟弟，让他过来。弟弟进门的时候，母亲喊了一声：“嘿。”我扭头，看见她指着浴巾。可是这时弟弟已经进来了。他走到母亲身边，想要去扶母亲，母亲把他划拉开，等我拿着浴巾过来，又给她围拢到腰上，才让弟弟架到她的胳膊下。

母亲说：“看看我这一身水，别弄你身上。”

“没事儿。”弟弟说。我能听出来，他肯定是哭了。

雪梨花落泪简史

一

1920年农历九月十五，雪梨花出生于河南省修武县五里头乡薛庄，姓薛名梨花。薛梨花出生时，其父薛德富正涂红抹白，随着“金玉班”在百里之外的杏花营唱戏。他从小热戏，是豫北有名的花旦名角，艺名梅仙。因唱戏迷人而得妻成家，也因唱戏下贱而被族人不齿，长年在外，罕归。

雪梨花落地时哇哇大哭，无泪。

三天后，薛德富回家，远远听到哭声，大喜道：“这个孩子能唱戏！”

“咦，你咋回来了？”

“我的嗓子倒仓了。得养养。”

“能养回不能？”

“谁知道。”

“是个妞。”妻有些抱歉地说。

“妞中。妞就中。妞也能唱戏。”

“真的？”

“真的。”

“能唱到开封?”

“能。”

“能唱到洛阳?”

“能。”

“给孩子取个名儿吧。”

“这孩子怪白的。戏文上说人脸色好看就说桃花红梨花白，就叫她梨花吧。”

两个月后的某一天，薛梨花尿湿了裤子，照往常一样哇哇大哭。其母闻声而至，发现她有了第一滴泪。

二

1927 年，修武县遇大旱，庄稼无收。薛庄许多人家纷纷出去讨饭，雅称“查门头”。嗓子一直没有养回的薛德富也带领梨花去“查门头”。“查门头”讨到的红薯和馍要带回家给娘和弟弟吃，她只能喝稀饭。喝稀饭饱得快，饿得也快。有时候看肚子鼓得溜圆，一会儿工夫就开始叫唤。根本上还是一个吃不饱。一天，走到一大户人家门首，薛梨花被其黄狗惊吓，摔了几个跟头，裤子也被撕出了一个长口子，大哭说：“爹，我不查门头了!”

“那你想干啥?”

“你不是说唱戏也能吃饭吗？我想去唱戏!”

两天之后，薛德富变卖了所有微薄家产，带领妻子和一双儿女去寻找戏班。经过数月奔波，他终于找到安阳一草台班王家班，他给戏班打杂兼教戏，妻子背着儿子去附近的煤窑捡煤卖煤，薛梨花跟着戏班练功学戏，一家人勉强安身度日。

第四天，戏班上演《包公铡美》，饰演秦香莲女儿的小演员突然病倒，梨花自告奋勇要求顶上。

“你中不中?”薛德富犹疑，“你会哭不会?”

“我中！我会哭!”

台上的薛梨花哭得泪流满面，让观众唏嘘不已。演出结束后，掌班给小梨花买了一包三角糖作为犒赏。这是她平生第一次吃糖。

三

为了能让小梨花早点儿登台成角，薛德富每天早起，教她喊嗓。第一天喊嗓时，他将梨花带到了河边，让她跪下。

“跟我说：戏比天大！任打任骂！唱成红角！造福天下!”

“戏比天大！任打任骂！唱成红角！造福天下!”

“一——”

“一——”

“二——”

“二——”

“三——”

“三——”

“哼——”

“哼——”

“嗯——”

“嗯——”

“哎——”

“哎——”

深夜戏散时，薛德富还要教她几句新戏。第一个夜晚，他教她的是《洪月娥背刀》。

“我先把头四句唱一遍，你听好：老父王驾坐在红桥，生我一个龙阿娇。若问我爱文是爱武，洪月娥从小就爱耍大刀……”

“爹，我会了。你听我唱。”小梨花立马将这四句唱了出来。

薛德富拿起旱烟袋重重地砸在了她的身上：“我叫你逞能！这不是平时，随你胡扯八溜，这是正正经经的唱戏！不能随便唱！再随便我打死你！”

梨花的泪涌出来。

“你干啥呢？”母亲轻轻走出来问。

“我种树呢。树根儿扎不好，一辈子也别指望长成大树！”

四

1929 年，薛梨花已学戏四本，武功也很扎实，脚尖碰鼻尖踢腿已经能踢五百次，双腿已能夹着八斤重的大砖一溜风似的跑圆场了。一家人跟着戏班四处游荡，哪里有人家“写戏”就在哪里留下。因为长年睡潮湿的草铺，有不少人得了疥疮，痒得睡不着，小演员们就躺在草铺上背词：

西门外三声炮……

县君的则是县君，妓人的则是妓人……

不思量，细端详，春来春去柳叶长……

妾的心事乱似蓬，几番要向君王控……

她本是张郎妇，又做了李郎妻……

在人前是享不尽的富贵荣华，哪知道背后的酸甜苦辣……

薛梨花的声音夹在其中，十分微小。

背着背着，她在暗夜里流下泪来。很快擦干。

五

1931年，王家班掌班患疾病而死，薛德富带领全家来到开封，投奔到豫西较有名气的太乙班。太乙班也是初次进汴，渴望能够将脚跟站稳。在辉豫戏院，班主听了薛梨花的演唱后决定让她演一场垫戏：《大祭桩》“打路”一折。剧情是这样的：黄李两家结亲后，李家遭难，黄桂英未婚夫李彦贵前来黄家求助，黄父嫌贫爱富，将女婿逐出门，黄桂英闻说便打发丫鬟深夜送银，不料丫鬟被杀，李彦贵被抓。黄桂英去刑场活祭，在三岔路口碰到了不曾见过的婆婆和夫嫂，当婆母知道她就是黄桂英时，挥动拐杖狠狠地追打她，黄桂英躲闪，哭诉。

婆母娘你且息怒，站在路口，听儿媳把内情事细说根由……

薛梨花文武兼备，在躲闪时用上了小翻、扑虎、劈叉和乌龙绞柱等武行动作，在唱时声情并茂如泣如诉，凄婉动人，一曲唱罢，戏院中掌声如雷。

回到后台，薛梨花脸上的泪痕仍未干涸。

“人家都是假哭，你还真掉泪呀?”有人说。

“我憋不住。”

一场小小垫戏便让观众有了大轴才有的高潮，班主对薛梨花刮目相看，第二天让她改演中轴。她的小旦、青衣、老旦、丑角、武生，皆拿得起放得下，轰动开封。一个月后，薛梨花担唱大轴。她主演全本的《大祭桩》更是备受赞誉，《豫都文报》评价：“薛梨花唱念俱佳自不必说，尤其唱至动情处，星眸泪光闪闪，让人心碎心醉。真乃是一枝梨花春带雨，一展歌喉春满堂!薛梨花之纯洁无瑕之美，可谓‘雪梨花’也!”

由此，薛梨花正式启用艺名雪梨花。

六

好评如潮之时，薛德富很冷静，他知道女儿的好机会已经来临，但她原有的几本戏远不够用，很快就会被掏空。他马上决定广聘师傅，来教女儿学新戏。他要她在四个月里学三十多个新戏。平均四天一个。于是，每到深夜散戏之后，正是雪梨花又开始学戏之时。薛德富还请求戏班每星期给雪梨花空出一个夜场，让她去别的地方的剧院去看，去学，去偷师。

因为过于疲惫，雪梨花在一次演出中忘了词，一回到后台便被薛德富打了两个耳光。

“她都是主演了，你不能这样对她!”演员们纷纷劝。

“没有永远的主演！就是做梦唱戏也不能忘词！”

雪梨花含着泪说：“爹讲得对。”

七

1933年，太乙班准备去闯西安，请求薛德富带领梨花加盟，已经在开封安家的薛德富不想离开，便征求了林镇北、史同书等有识之士的意见，决定自成戏班，名为中州新戏社。既为新戏，便以改良旧戏创作新戏为风标，具体措施有：第一，无论改旧还是创新，都由有文化的新派人士执笔。第二，不再教死戏和死教戏，而是要分析剧本，给演员说戏。在演出中还可以不断把戏改进。第三，将豫剧各派之所长掰开揉碎，重新整合，根据剧情需要和人物性格进行新的唱腔设计。第四，演出前多次进行对词，并让乐队伴奏，称为“响排”。以前的旧习是演出前不对词不伴奏，正式演出的时候再临时接茬口，称为“十字路口等齐”。开始实行“响排”之后，乐队师傅自感辛苦，多有怨言，薛德富特地安排在每天的伙食中多添五斤猪肉。

众人渐渐习惯。排出的戏越来越扎实，成熟，细腻，完美，越来越受欢迎。

1936年农历五月的一天，雪梨花正在演出《桃花庵》，唱腔中突然出现了“黑窟窿”。薛德富明白：她的嗓子也开始倒仓了。而雪上加霜的是，中州新戏社的几个主创人员因为各种缘故要离开开封，戏社名存实亡，濒临解散。

农历七月，薛德富带领全家人回到修武老家，给雪梨花养嗓。《豫都文报》发出新闻：雪梨花叶落花残，中州社人去楼空。

前程茫茫，梨花落泪。

八

一年之后，雪梨花嗓音复旧，且更加甜美，她又回到开封辉豫戏院唱戏。不久，雪梨花被国民党一参谋看中，要她做小妾。万般推脱不过，薛德富找到特别欣赏雪梨花的同济医院的著名医生孔长仪，请他想办法。孔长仪将她引荐到国民党20军总指挥张钫府上，雪梨花得以向张夫人哭诉，并认张夫人为干娘，才逃过一劫。

抗日战争全面爆发。开封抗日气氛浓厚，雪梨花请人写了新戏《打土地》，剧情是：九一八事变之后，一位老汉带着儿媳从东北逃到关内，在土地庙歇脚，精神失常的儿媳指着庙里的神像问："那是什么?"公爹说："那是土地爷。"儿媳怒道："什么?他是土肥原?"便立即拿起讨饭棒将土地爷痛打了一顿。然后是大段的哭诉，说自己的丈夫和儿子都死在日本侵略者手中……薛德富要求演土地爷，他说："我没有嗓子，扮个土地，挨挨打，也算尽尽爱国心。"

雪梨花每演必哭。观众每看必哭。后《豫都文报》发表文章评价："……剧情之细腻曲折婉转紧张，为历来各剧所未有。激发爱国情绪，加强抗敌精神，暴露倭寇之兽行，发挥无遗。……"

1939年，开封被日本飞机频频轰炸，雪梨花戏班逃难来到省政府临时所在地洛阳，演出数日之后便声名鹊起，备受关注。一次，她为一官僚唱堂会被调戏，便装肚疼早早回了家。那官僚知道后大怒，屡屡派人骚扰剧场，演出大受影响。薛德富对女儿大光其火，甚为怨责："唱戏就是混码头，好汉不吃眼前亏。低低头就过去的事，你怎么就恁会惹是生非瞎逞强!"

他要雪梨花去向官僚赔不是，雪梨花坚持不肯。正值西安有河南同乡会的人来洛阳邀角为西安中州中学募捐义演，她答应前往。薛德富连打女儿几个耳光，末了全家还是随着含泪的雪梨花前往西安。

九

西安募捐演出地点在民乐园，是个用破席搭的半露天的戏院，条件十分艰苦，雪梨花初到之时上座率很高，后又因飞机警报时时响起，演出总是难以进行。不久事态稍稍平静，雪梨花开始上演《六部西厢》，每唱到"罗帏帐摇摇动无风起浪，他半推她半就难解难当"时就会听到讪笑。她渐渐觉得不好，自己做主改了词："他二人进门去把门关上，只气得小红娘眼泪汪汪。"改词后头一天便遭到退票风潮，又被薛德富怒打。她哭着离开剧院，决定不再唱戏。

在旅店躲了一天之后，她来到街上买东西吃，听到两个人对话：

"你恁慌着跑干啥?"

"别人给了我两张雪梨花的票，我得赶紧送给我老娘。"

她蓦然想起"戏比天大"那四个字，如梦初醒，连忙飞跑向剧场。

不久，张钫母亲七十大寿，张钫邀雪梨花回河南献艺庆贺，在由河南返回西安的途中，雪梨花患胸膜炎病倒，一家人租住在旅馆里，欠债累累。历时一年零三个月，她终于康复，医生说：“你又可以唱戏了。”她落泪。

十

1942年，雪梨花在西安某县演出时碰到县三青团书记吴墨。吴墨温文尔雅，爱戏懂戏。两人相爱。听说吴墨有妻，雪梨花落泪：“我不给人当小。”

“我一定明媒正娶。”

“你为我甩别人，我良心上过不去。”

“我和她早就过不到一起了，她在宝鸡。早已经商量过要离婚了，只是兵荒马乱，还没有顾上办手续。”

“我不愿意跟当官的结婚，你大小也算一个。”

“我马上辞掉。当官需要溜须拍马，我本来也就嫌弃。”

“成家后我还要唱戏，我要唱一辈子戏。”

“我就是喜欢你唱戏。你尽管唱，我还要尽自己的能力帮你把戏唱好。我去学写戏。”

“一言为定！”

“驷马难追！”

后来，雪梨花去汉中唱戏，吴墨去宝鸡办手续。雪梨花在汉中唱了八个月，没有见到吴墨踪影。临离开汉中的前一天，吴墨来了，拿出一张纸递给雪梨花，上面按着红红的图章印儿。雪梨花接过，落泪。而后看了半天，羞怯道：“你知道我是睁眼瞎，还给我看这个干什么，又不是信不过你！”

两人一起随着戏班到了西安，办了结婚手续。吴墨很快为雪梨花整理改良了三出传统戏：《拷红》《白蛇传》和《秦雪梅》，上演后大获好评。

半年之后，雪梨花与吴墨在《陕西青年报》上刊登了一则启事："雪梨花与吴墨已经结为百年之好，且怀孕数月，不能继续登台献艺。敬告各界，并致谢意。"

十一

1947年，雪梨花正在剧场演出全本《秦雪梅》，吴墨被警察带走，罪名是私通共产党。雪梨花经人指点，费尽周折，花费300块现洋和600筒炮台烟打点关系。四个月后吴墨才回到家中。看到丈夫须长如发，雪梨花失声痛哭。

1948年，聚集到西安的河南难民越来越多，雪梨花一边赈灾义演一边收纳孤儿来剧社学戏，后来索性开办了艺校，收学生达五十余人。

1949年，西安解放。雪梨花留在西安继续唱戏。其时，西安的戏剧市场十分繁荣，许多剧社都积极响应政府的号召，联合起来为灾民募捐义演。一次义演结束之后，她走出剧场，看到一片灾民向她跪倒致谢，顿时落泪如雨。

1950年，抗美援朝战争爆发。吴墨为雪梨花创编新戏《花木兰》。天时地利人和，雪梨花一唱即红，成为经典。但她远远不满足，她决心义演半年，为我国抗美援朝大军捐献一架飞机。

1951年8月至1952年2月，雪梨花演出半年共计156场，完成了捐献金额15亿2000万余元（旧币），如愿以偿捐得等值战斗机一架。此架飞机被命名为"雪梨花号"，后应雪梨花要求改为“梨花剧社号”，现存于博物馆中。

1953 年 3 月，抗美援朝战争到了决战阶段，中国西北人民赴朝慰问文工团组成，雪梨花赫然列在其中。已经怀孕数月的雪梨花忍痛流掉腹中胎儿，随团远赴朝鲜战场进行慰问演出。在炮声隆隆的前线，她因身体虚弱且演出过于辛劳而病倒。63 军军长及政委前去探望，将朝鲜老乡赠送的鸡蛋送给雪梨花，雪梨花手捧微温的鸡蛋，潸然泪下。

1955 年，雪梨花服从国家安排，从西安回到河南工作，担任河南豫剧院院长。离别西安时，落泪。

回到河南，薛德富要求女儿为自己在河南豫剧院安排个工作，成为吃公家饭的国家人，被雪梨花断然拒绝。她说：“你不和我在一起，我可以秉公办事，你要是和我在一起，我深了浅了都不得法。你放心，我保证一辈子孝顺你。”

薛德富黯然落泪。雪梨花也落泪。

十二

1957 年，反右运动在全国铺展开来，吴墨向雪梨花提出离婚，说：“我现在已经成了你的拖累。不要因为我让人家说你划不清界限。现在反右，你要不和我离婚，恐怕难过这一关。”

雪梨花将他拟写的《离婚申请书》撕碎，痛哭：“我不离！”

“不离人家就不会让你入党！”

“不入就不入！”

两人相拥在一起，吴墨叹气道：“入党申请书你还是得写。”

雪梨花轻轻道：“我知道。”

出乎意料的是，雪梨花夫妇在反右运动中有惊无险，平安度过。夫妇俩深感庆幸，作为回报，吴墨以最快的速度写了两部新戏：《破洪州》和《五世请缨》，这两部戏与《花木兰》一起并称为“雪梨花爱国主义三部曲”。

1959 年 5 月，雪梨花被批准入党。

下半年，雪梨花查出患有宫颈癌。在北京肿瘤医院，临上手术前，吴墨双手颤抖，不能签字，雪梨花看着丈夫的脸，泪流满面。

手术成功，雪梨花得知自己又获新生，再次落泪。

十三

1960 年，雪梨花为了让自己跟上时代的步伐，决定演现代戏。可是连排出两个现代戏，观众的反应都很冷漠。她内心不安，回家问吴墨：“我这两出现代戏怎么样？”

“听真话还是听假话？”

“真话。”

“不怎么样。”

“到底怎么说的？你说得具体点儿。”

“说你穿便衣演戏不好看，说新戏演得没有味道，不贴心，远。”

“那领导和同志们怎么都说好？”雪梨花眼圈红了。

“那是偏爱你，鼓励你，安慰你。戏是演给群众看的，群众不买账，谁说好都白搭。”

雪梨花眼泪落下。彻夜无眠。

此后，雪梨花痛下决心，一定要演好现代戏。她深入生活，细心揣摩，将古装戏的技巧巧妙地融入现代戏的表演中，既有继承，又有创新，既有分别，又有融合，很快便在《朝阳沟》和《李双双》中获得了成功。成功的标志是：吴墨深夜路过剧院，还看到有人在排队买票。

十四

1966 年，“文化大革命”开始，雪梨花首当其冲，被打成“河南反革命大戏霸”。豫剧院中满是她的大字报。内容有：“雪梨花反动透顶，要彻底坚决打倒”“抡起铁拳头，砸烂雪梨花”“工农兵不要雪梨花这种反动艺人”等。第一张大字报由雪梨花的资深学生贴出，内容是“雪梨花，烂棉花，革命群众不要她！”接着，省报开始刊登批判文章，揭露雪梨花的反动内幕：她在西安赈灾义演是收买人心，她抗美援朝捐赠飞机是搞政治投机，带领反革命丈夫逃避政治审查，《五世请缨》中“去他阵前，杀他个片甲不存”是为彭德怀翻案，到朝鲜慰问演出是为了让吴墨在朝鲜阵地和台湾方面通电话……

困惑中，雪梨花天天落泪。

运动升级，大大小小的批斗会开始，在一次大型的批斗会上，有人高声吼叫雪梨花：“你爱谁?”雪梨花平静答道：“我一爱共产党，二爱吴墨。共产党让我和人民一起得解放，当家做主人，所以我爱他。吴墨全心全意对我好，帮我写戏，指点我唱戏，所以我爱他。”

1967 年 9 月，雪梨花被假枪毙一次。

10月，雪梨花被关了禁闭。第三天，她想跳楼自尽，在窗户棂缝里看见了正在扫院子的吴墨，吴墨也看见了她，两个人无法对话，吴墨就做了两个字的口型，雪梨花读了出来，那两个字是："坚强！"

雪梨花泪落。

不久，薛德富病逝。雪梨花仍在禁闭室。她得知消息之后，朝家乡的方向跪拜大哭。

十五

1969年冬天，雪梨花来到西华县农村接受贫下中农再教育，她被分到了一个孤寡老人家里。老人家两间土坯房，一间做堂屋兼做饭，一间是卧室。整座屋里只有一桌、二椅、一架纺车和两张土坯床。雪梨花将自己的铺盖行李打开，寂寂地放在床上。

"妞，我去捡点儿柴火给你拢个火盆吧。"老人说，"这屋老冷。"

"大娘，不用。"雪梨花说，"我是唱戏的，嗓子不能烟熏火燎。"

"妞啊，啥时候了，还惦记着唱戏？"

"戏是我的命，不死就不会丢。"

夜里，忽闻窗外有嘈杂人声，雪梨花和老人一起朝外探看，只见一群群的乡亲涌进院中。

"你们干啥呢？"老太太问。

"来看看雪梨花。"

“妞累了一天了，叫她歇吧。”

此时雪梨花已经走了出来，道：“我在这儿，大家伙儿看吧。”

一个老人将手里东西递过来：“闺女，你受屈了。我今年七十二岁了，没有你，可活不了这么大的岁数。那一年，你在西安赈灾，我吃了你的赈灾粮，亏得有你的那碗赈灾粮，稠乎乎的，老顶饿……这是我闺女给我送的豆腐包子，你尝尝。”

雪梨花含泪接了过来。

“闺女，你能不能给俺们唱一段？”一个老婆婆悄悄说，“俺老想听听。”

“不敢唱啊，大娘。”雪梨花说，“上头不叫我唱。”

“就唱几句就中。”

萝卜白，白生生，萝卜青，青凌凌，麦籽儿个个饱盈盈……

“唱得多好，那些个龟孙们，硬是不叫人家唱。”听罢一段，老婆婆说。

雪梨花含笑落泪。

1973 年，雪梨花离开西华，回到郑州，准许登台，但演出内容需要经过严格审查方可。

1976 年 10 月 16 日，听到“四人帮”被粉碎的消息之后，雪梨花朗声大笑。继而大哭。恢复正常工作之后，她将补发的一万多元工资作为党费交给了党组织。

十六

1977 年，雪梨花调任河南戏曲学校校长。

1978 年，雪梨花被选为第五届全国人大代表。

1979 年，雪梨花受邀来到广西边境，慰问参加对越自卫反击战的战士。

1980 年，雪梨花退休。她的职务退休了，但她的戏没有退休。她风风火火地排新戏，认认真真地带学生，忙忙碌碌地参加各种与戏剧有关的社会活动。

1982 年，河南省剧协、河南省戏研所、《河南戏剧》杂志社等多家单位联合举办了“吴墨剧作研讨会”，诸多业内人士对吴墨的剧作进行了高度评价。吴墨首次正式出现在公众面前。

研讨会结束后，白发苍苍的雪梨花和吴墨相拥在一起，热泪纵横。

十七

1992 年，雪梨花与吴墨金婚之年，夫妻二人作诗互赠，读时皆落泪。

1999 年，吴墨病重。病危通知单下过多次。雪梨花一直守在丈夫床前，拒绝任何演出。国庆前夕，省里举办建国五十周年戏曲演唱会，邀请雪梨花参加，吴墨在神志清醒的时候听到这个消息，力劝雪梨花演出，说：“乖，大事咱可不能糊涂啊。”

雪梨花流泪答应，参加了演出。

2000 年 7 月，吴墨病逝。雪梨花亲吻着他的面颊，与他深情送别道：“别走得太快，等着我，啊?”

落泪无数。

十八

2003 年初，雪梨花被查出癌症。

非典疫情暴发。5 月 28 日，雪梨花向抗击非典一线捐款一万元。在捐款仪式上，她说：“国家的难就是自己的难。”

人群中有人落泪。她无泪。

同年 8 月，雪梨花走进中央电视台“艺术人生”演播厅，面对镜头，首次提及和丈夫恋爱时的生动细节：“……他说：‘你的指甲太长了，我给你剪剪吧。’我刚把手伸出来，他一把就抓住了，他把我抱到怀里，我的心就乱极了，怦怦怦地跳，不知道该说些什么……”说着，她的脸上呈现出少女般羞涩的红晕。

2004 年 6 月 1 日，雪梨花病逝于河南省人民医院。神情安详，嘴角含笑。她的脸上，落的是别人的泪。

厨师课

说话人简介：

周松海，1938 年生于河南长垣。1950 年进入当时河南省会开封市“又一村”饭庄做学徒，受赵延良、黄润生、苏永秀、姬厚之等名师启蒙指教，开始从事烹饪。1954 年调到新省会郑州，在河南饭店工作。1956 年赴北京莫斯科餐厅深造，开阔了欧式菜的视野，取得长足进步。1958 年调至中州宾馆工作，1985 年被省政府办公厅任命为行政总厨，1990 年被任命为黄河迎宾馆行政总厨。1998 年退休，2015 年去世。曾获“中华名厨”“豫菜宗师”“中国烹饪大师”等称号，被业界誉为“豫菜百科全书”。（以下简称周）

金泽，1991 生于河南长垣，2009 年高中毕业，无业游民。（以下简称金）

此文根据 2013 年 3 月金泽手机录音整理，有删节。

周 你爹的事，办完了？

金 嗯。昨天五七。

周 唉，想起你爹的事我心里就难受，他做菜也是有灵气的，是祖师爷赏饭吃的——哪一行都是这样，有灵气的就是祖师爷赏饭吃，没灵气的就是自己到祖师爷那里求饭吃。咱们这一行，有的活儿能练，切菜配菜什么的这些能练。有的活儿不能练，比如火候和拿味儿。有的人做了一辈子厨师，这些就是不行。你这孩子，火候把得准，拿味儿拿得准，这就是祖师爷赏饭吃——你爹，他做菜做得好好的，不知怎么动了心思，就当了那个后勤科长，这一当科长尝到了管人的甜头，就坏了，就想往上再走走，为这宁可把专业丢了。这个嘛，我也理解。咋能不理解呢？中国么，自古当官才是人上人。你爹他再有灵气，他就是觉得当官过瘾，就是觉得管人的快乐超过了炒菜的快乐，就是觉得管人的体面超过了炒菜的体面，这也没办法。你爷和我都心疼的是，他把手艺给扔了，越扔越远。他咋没想明白，自己为什么能当上官？是因为专业好！专业好，这才是他的贵重之处，这才是他的根本。当官能成为根本吗？可是这世上的事就是这样啊。人一当上官就容易忘本，就容易把官当成了本——不过，或许在你爹的想法里，官就是本吧。

当年你爹为了进步，求你爷去说人情。你爷虽然不情愿，到底还是顺了他的意。你爷对我说，他当年只对你爹说了一句话，说："你一定要把我这点儿薄面擀顿面条吃，那你就擀吧，只要你吃了不闹肚子就成。"可到后来，你爹他还是闹了肚子不是？

不说这个了。过去了，不说了。

金 那咱们开始上课吧。

周 唉，咱爷俩儿，上啥课呢，就胡扯吧——

我跟你爷那时候在“又一村”，才叫上课呢，苦上课。不，我们不指定跟哪个师傅。那时候“又一村”的风气，不是单个儿拜师学徒。徒弟是大家的徒弟，师傅是大家的师傅，这样不容易拉帮结派，也能多学多教。我们一帮小伙计先学宰杀，学物料分档，也就是分档取料。比如牛、羊、猪、鸡，虽然都是肉，可一物是一物，物性各不同，它们每个部位的用法也都不一样，把它们按部位分解开，就是分档。我们最开始学着给鸡分档，鸡有十二个分档。脊肉不老不嫩，切丁合适；腿肉肉厚，切丁切块都合适。比起来里脊肉自然最嫩，切片切丝都是好的，斩茸也好……这些你都知道，不说了。学会分档后，一只鸡我很快就分得利利落落。后来学着给猪分档，学会后，一条猪后腿我一袋烟的工夫就能分好，那感觉老美。一袋烟多长时间？算起来也就是四五分钟吧。那时辰我就知道，做菜的享受可不是油锅里那几下，能把一个猪后腿利利落落地分好，那也是享受。

蔬菜也一样得分档。比如白菜。过去冬天没菜，白菜是要紧蔬菜，哪个厨师都得学会料理白菜。白菜帮、白菜叶和白菜心都得分开做。白菜帮做酸辣白菜、醋熘白菜、白菜炒肉片、白菜炒肉丝；白菜叶做白菜汤、白菜卷、白菜包肉；白菜心可主贵，有一道菜叫牛肉菜心，把牛肉切成很细的丝儿，白菜心拌进去，那就是上好的下酒菜。再比如芹菜。芹菜叶、芹菜秆和芹菜心都怎么做？芹菜叶是蒸的；芹菜秆是炒肉片、炒肉丝；芹菜心也是生拌最好。这些过去都分得一清二楚。现在可多饭店都不管了，都是不分青红皂白，一剁一剁就下锅啦。

金 小时候，我常跟爷爷去买菜。爷爷只去专门的面店买面，专门的青菜店买青菜，专门的鱼店买鱼……不约而同地，那些老板就会把最好的东西留给爷爷。爷爷也说过，所有的食材都有物性，懂得物性才能把食材做好，因为物性是食材的生命。所以老祖宗留下一种说法就是“以物循性，以性循法，以法循烹”。好好寻思一下你就会发现，许多东西的物性本来就是一个自洽的世界，比如西瓜瓤上火，西瓜皮却祛火。“瓜皮翠衣苦夏宝”嘛。橘子肉上火，橘子皮却去火。“十年陈皮贵似金”嘛。

那些老板们说，爷爷是最懂物性的人，把这些好东西给爷爷，就是给了对的人，这也才不会糟蹋好东西，因为这些好东西在爷爷手里会做到最好。只要爷爷承认了他们的好东西是好东西，他们就觉得有面子，他们就会对别人说：“老金爷都会在这里拿货呀！”爷爷在他们手里拿货，他们会觉得，这证明自己也是行家。其实他们给爷爷的价钱一点儿都不高，他们说和钱没关系。他们不会赚爷爷的钱。后来我才明白，他们和爷爷之间，可以称得上是知音之赏。但他们一定会赚那些不懂货的人的钱，这对那些人是愚昧之罚。

在这种情谊上，你就会觉得，要那么多钱有什么用？没有用的。

周 食材长成不容易，都是天地精华雨露滋润的东西，得爱惜。

分档就是教我们对食材要用尽，要用透。用尽用透了，这就是爱惜——个头儿过大，过于稀罕，或者看起来奇形怪状的，却不宜吃。比如鱼长到了上百斤，老鳖长得太有年头，身上都有绿毛了，这些就不能吃。这些东西都是成精的，不能吃——黄瓜皮，你爷把它剁碎，挤出汁儿，再和鸡肉配到一起，做成青果鸡，好看又好吃。茄子都做茄子肉，谁做茄子皮？你爷做。他把茄子皮切成象牙块，拖面勾芡油炸，然后搁笼焖蒸，做出来让大家伙儿尝，都说好吃，都不知道是啥东西。你爷还做茄子腿——就是包茄子底座那一块，茄子蒂，再带上那个柄。过去这一块也是舍不得扔的，要切碎，炒菜吃。它还是一味中药，治背疮病毒。咋做？我看村里的郎中做过，就是把它晒干，在锅里焙得焦黄，冷下来，再研成细末。人一生疮，就把它拌成稀糊，涂在疮上，七天就好了。不过制成药就不叫茄子腿了，我听见郎中叫它“天丹散”。

现在要找到好食材，可是不容易。人多，想要提高产量，就要想办法，就有了大棚、化肥什么的，拔苗助长让它长大。现在的人也古怪，就爱吃奇巧、新鲜，冬天的菜非要夏天吃，夏天的菜非要冬天吃，哪还分个春夏秋冬？还觉得这可好。说到底，吃菜还是要吃时令菜，时令菜就得在田里野长，比如白菜萝卜，它就是冬天长的，味道正，有营养，也价廉物美，叫人人吃得起，人人活得起，这是老天公平的地方，仁厚的地方，这就是自然法则，这就是天道天规。

人得守这天道天规，不能违反。你要是违反就得受罚，就有报应。所以，人定胜天，这咋可能呢？肯定不对。在有些事上人可以和自然斗一斗，咱们的很多科学发明都是斗争的结果，但是在大的方面，是不能和自然斗的，要守它，不然失败的肯定是人。就说吃吧，你要是乱吃乱喝，就是会得怪病。比如猪肉，猪肉就是要吃肥的，肥猪肥猪嘛，肥肉才好。你硬要吃瘦肉的，好吧，瘦肉精来了。牛羊肉呢就该吃瘦的，你非得吃啥小肥牛小肥羊，好吧，复合肉来了。再好的面擀的面条它的筋道也有个度，你硬要它筋道得扯拉不断，好吧，蓬灰来了……老天爷不会那么听你的话，你硬拗就是会有报应，还是让你搬起石头砸自己的脚，自己报应自己。

滑县的葱，中牟的蒜，博爱的姜，这些都是好食材。这些东西长得好，自然是得力于水土。水咸土甘生万物嘛。也是得力于风候好。说起来，都知道有二十四节气，有多少人不知道还有七十二风候哩。庄稼不能光靠太阳雨露，还得有风，有风的营养——别看风空来空去的，它可是有大营养的！尤其是对瓜果。如果种瓜果不透风，那肯定完蛋。所以种葡萄、西红柿、黄瓜什么的，都要搭架子让风刮过去。风跟风还不一样。院墙里的风，村子里的风，城市里的风，平原上的风，山沟里的风，结出的瓜果肯定两样。海边的风，河边的风，湖边的风也都有各自的脾气，它们养出的东西也都带着他们的脾气。这就叫风候。常听人说啥饮食科学呀，饮食文化呀，要我说，这就是科学，大科学。这也是文化，大文化。

金 所以人家法国的厨师就归文化部管，我觉得这太对了。

周 咱们的呢？

金 归劳动部。

周 劳动部也对，总归是一种劳动。

金 对啥呀对。

周 干好自己的事儿，别较那个真儿。外人听着咱们说厨行也是科学文化，或许多少会觉得玄。对咱们这些内行人来说，可一点儿也不能觉得玄。鱼翅鲍鱼这一类的干海货，我一摸一捏就知道这货是秋天收的还是冬天收的，是好还是赖，发了以后能出多少菜。这是基本功。没有这点儿基本功还当厨师？这基本功也不是多难练，多经见一下啥都有了，这些东西自己都带着一方的味儿呢，它们往这一放，都带着一份明明白白的说明书呢，这说明书不是用字写的，就是让你下功夫来念的。

就说黄河鲤鱼吧。咱们豫菜离不了黄河鲤鱼。按说鲤鱼就罢了，为啥非得讲究个黄河鲤鱼呢？这里面说头儿多了。没错，湖里也有鲤鱼，池塘里也有鲤鱼，可是我跟你说，鲤鱼还是黄河鲤鱼最好。一说："鸡吃谷豆鱼吃四"，这说的是池鲤。四是四月，就是春天。开春了，天暖了，池塘里能吃的小玩意儿多了，鲤鱼就开始活泛了。为了生养就开始大吃二喝，自然就肥了。到了四月份，那肉厚味美是不用提了。湖是大池塘，地气足，水质肥，养分大，比池鲤就要好吃一层。又一说："瓜熟鲤鱼肥"，这说的是一般的河鲤。一般河鲤是六七月份的好吃。夏天雨水勤，雨水冲着树叶、草籽进了河里，成了鱼们的好吃食，它们的膘就唰唰地长，没几天就是一道好菜。还有一说是“十月鲤，鲤上鲤”，这说的就是黄河鲤鱼。黄河原本就水流量大，含氧量高，到了秋季，黄河还容易涨水，水一涨，大水把两岸的杂草一淹，鱼在草里，就像进了大粮仓，那可是自在透了。秋天水也寒哪，为了顶冷，也为了储备冬天的营养，鲤鱼那是拼命地吃啊，吃啊……鲤鱼是两年熟，头一年的鱼苗到第二年的秋天正好长成一斤多重，一尺左右，这个时候，哪能不好吃呢？最好吃。“鲤吃一尺，鲫吃八寸”，这句话就是这么来的。还有一句：同是一斤多重的十月黄河鲤，雄鲤鱼味道要比雌鲤鱼好。为啥？雄鲤鱼不养孩子不分心，一门心思长自己个儿啊。

金　您说黄河鲤鱼好，那是在咱们中国。我吃过的最好的鲤鱼是在马来西亚。那是我十九岁那一年吧，正是混账的时候。您知道的，我母亲去世得早，我跟爷爷在老家长到十五岁，直到他去世才跟着爸爸到了省城。我打小儿就跟他不亲。您也知道的，我就想当厨师，他不肯。他想让我考公务员，进机关，走仕途，我也不肯。他怎么逼我我也不肯，越逼越不肯。除了逼，他对我就是惯，整天给我钱。可是我也混账。他的情，我不领。他的钱，我花。反正这钱也不是我挣的，我干吗要在乎这些钱？不如痛痛快快花呢。那时候，我就是常往外扔钱。大把扔。反正最想干的他不让我干，那我就混日子呗。那时候我整天和一帮纨绔子弟出国旅游，吃遍了世界各地。

去马来西亚那次，一桌人吃饭都是胡乱吃，我只尝了一筷子就知道，这种鲤鱼是极品。每次吃饭，我们都点那条鱼，那条鱼都是我一个人在主吃……我才不跟他们说那么多呢，他们爱吃不吃，吃了也吃不出好来，也是白吃。我要负责任地告诉您，最好吃的鲤鱼就是它了，它的名字叫忘不了，好听吧？它是河鲤里游得最快的，也很聪明，是钓游对象鱼中高难度的挑战鱼种。它喜欢吃风车果，风车果是一种森林野果，味道本来就很好。这果子进了河里，就是这种鲤鱼最中意的美食。所以它自带香味，这是它好吃的最大秘密。

现在外国人很会吃了。不过他们的饮食历史也很吓人的。有一年，我去古罗马的庞贝城玩，这个地方在意大利西南海岸，紧邻着那不勒斯海湾，连接着罗马帝国与世界各国的航运贸易。所以古马罗时期此地经济很发达，许多贵族和土豪竞相比较，生活越来越荒唐。我在参观厨房遗址时知道了他们当年的菜单，我的天哪，他们吃野公猪的咽喉、火烈鸟或鹳鸟的舌头、夜莺的肝，饭后点心有一种是腌制过的、带甜酸味的海鳝。这种海鳝在食用之前，还要用新宰杀的奴隶肉喂养几天……这么比起来，咱们豫菜可是够文明的。

周 那是。咱们豫菜，那可是各菜系之母。都说豫菜很落后，数不着。“还有豫菜吗？”常有人这么问。八大菜系里，有东有西有南有北，能没有中吗？古人爱说南蛮、北胡、东夷、西狄，你听听这些名头，中原可不就是最核心的那个点儿吗。所以，饮食的根儿肯定也是中原。不客气地说，整个中国饮食的萌芽期、发展期、形成期和繁盛期都是在中原完成的。

豫菜的起源，就是宫廷菜。中国八大古都，河南占了四个。郑州时间短，就不说了。其他三个，安阳是七朝古都，开封是七朝古都，洛阳是九朝古都，光洛阳当都城就一千五百年！你想想，这些个朝廷往民间流传些宫廷菜，是多么顺便的事儿。

咱们中原，好地方啊。首先是咱们的物产丰富。不仅是只有大平原，咱们也有山有水，山是太行、王屋、伏牛、桐柏，还有秦岭余脉。水呢，别的不说，仅是古代“四渎”里，咱们就有三条：黄河、淮河和济水。所以山珍水产样样都来。食材丰富了，饮食也就好发展。因为交通便利，咱们的经济贸易也很发达，手工业也就发展得快。饮食的发展和手工业的发展也密切相关，比如有了冶铁后，就开始有了刀和锅，就有了刀法和炒制。你知道吗？厨师们的技能在炒之前就是炖啊，煮啊，烧啊，烤啊，炙啊，有了冶铁以后才开始了炒。有食材也有工具，再加上咱们那么多地方都当过都城，宫廷贵族引领的餐饮层次很高，九鼎八簋这些规矩都是从咱们这里立起来的。各国来使也在咱们这里朝贡，带来很多稀罕东西，所以咱们的厨师见识多，经验多，就汇总和创造了很多技法，饮食就越来越发达。尤其是到了宋朝，国力强盛，民众富裕，上下都很会享受，没了宵禁，有了夜市，放开了酒，这可不得了了。在那以前，酒是官卖的，酒是酒馆，饭是饭馆，各开各的，两不相干。酒和饭一放到一起卖，饮食就受到了很大的刺激，就更厉害了。

北宋经济重心南移以后，中原饮食的影响力才慢慢弱下来，淡泊了。中原逐鹿，仗打得勤。你看史书就知道，咱们这块地方的人就是韭菜，打一次仗就割一茬。有本事的人家，能养得起车马的就都跑了，这一跑，就把咱们豫菜带到了全国各处。就说粤菜吧，现在都说它多好多好，可是宋朝以前，广东还是个发配充军的地方呢，哪里能谈得上有菜系？如果不是中原一批又一批人到了广东，广东菜不可能有现在这个样子。可以说，咱们河南人走到哪里，就把豫菜带到了哪里。以豫菜为基础，人慢慢适应着当地的水土，菜的口味也慢慢被改良着，就有了如今的南甜、北咸、东酸、西辣。

豫菜，甘而不浓，酸而不酷，咸而不涩，辛而不烈，淡而不薄，香而不腻……你别笑。豫菜做到了功夫，就是这么好。没特点？不，咱们有特点，咱们的特点就是甘草在中药里的作用，五味调和，知味适中。所以内行常说，“吃在广东，味在四川，调和在中原”——提起川菜，我就想叹气。现在的人整天说吃，却不会吃。吃得没有品位，没有滋味，也没有营养。很简单的，你放眼去看，满大街餐馆里都是麻辣，麻辣几乎就是第一味。这还能说会吃吗？麻？啥叫麻？介于疼和痒之间的，这叫麻。那是最难受的味道。说穿了，麻就是让你木的。所以医生用麻药止疼。啥是辣？是疼和烧之间的味道，就是刺激人不好受的。麻辣自古都是辅味，不能当主味。现在可好，都拿这些东西当主味了。还有的厨师就以为四川菜讲究的就是个麻辣，这就是外行话。真正的四川菜，60% 以上的都不是麻辣，一桌能有两个麻辣菜就不错了。

人心粗了，就吃不细了。

金 我爷爷常说，食材的好味道有两种，一种是简单的，原则是食材的本味就很好，很完美。你吃了就知道，哦，这是大白菜的味儿，这是小白菜的味儿，这是春荠菜的味儿，这是夏荠菜的味儿，这是土豆的味儿，这是山药的味儿，这是红薯的味儿。这些味儿很单纯，我们要做的是体现出它本来的美味，让你吃了它就是一个感觉——好吃！

另一种是复杂的。这种食材的味道往往很个性，它的优点很鲜明，缺点也会很鲜明，像羊肉的膻，猪肉的腥。它们有缺陷，需要我们把这种缺陷去掉，也就是给食材扬长避短，这就得用调味料来平衡和协调，越突出的个性越得平衡和协调。就像一座好房子，你就那么一栋，孤零零地矗立在荒郊野地里，有什么意思呢？得有溪水，有园林，有草地，推开门也得有左邻右舍，这房子的好才能扎下根来，成为能亲近交往的好。不过千万不能忘了，调料存在的唯一使命就是为主料服务，就是为了让主料的味道更好，所以一定要用得适度。当你吃到某道菜觉得调料味太重的时候，如果不是厨师水平有问题，那一定就是食材本身有问题，肯定是不够新鲜了才会需要重调料来遮蔽和哄骗食客。调料是为了衬托和修饰主料，而不是遮蔽和哄骗。这是一条根本性原则。

还有一条根本性原则：加入调料的目的是让食材的味道丰富，但这丰富绝不等同于混乱，一定得很有层次很有秩序。要做到什么程度呢？你要细细回味，你要再三品味，你会觉得它不仅仅是好吃，它还耐品。你会觉得它不单薄，它是有宽度和深度的。

周 豫菜调味，关键就是汤。这是豫菜的命根子——“唱戏的腔，厨师的汤”。“有汤开张，无汤打烊”。在咱们这儿，一个厨师不会吊汤，哪儿还能叫厨师？只能叫伙夫！为啥吊汤这么要紧？这得从海鲜说起。海鲜咱中原没有鲜的，只有干货。想把干货做好，就需要好汤入味，汤就成了豫菜的鲜味之源。豫菜吊汤是用老母鸡和肘子，三洗三滚三撇沫，先熬毛汤，一部分毛汤通过扫汤来得清汤，另一部分毛汤再加进棒骨来熬奶汤。用奶汤的料渣加水再熬，得二汤。清汤可以做开水白菜、清汤竹荪和酸辣乌鱼蛋汤。奶汤用来做奶汤广肚和奶汤蒲菜。二汤用来烧家常菜。最好的清汤叫“浓后淡”，看起来就像是一碗白开水。端上桌的时候，没见过的人都以为是涮勺子的水。但是，尝上一口你就知道了，这就是好清汤。好清汤有个说法，叫“清澈见底，不见油花”，好奶汤也有一个说法，叫“浓如牛奶，滑香挂齿”。

吊汤的味儿是什么味儿？所有的好汤，你喝了以后跟喝老酒一样，醇。你先用舌尖儿品，舌尖是尝味道的。然后汤就到了咽喉部，咽喉部是找感觉的。舌尖让你知道咸甜酸辣苦，但是真是找感觉，就是在咽喉。好茶，好菜，好饭，这些好东西到了咽喉部，都能把喉咙打开，都是能回甘的。

现在的汤吊得都不如以前了。一是猪肉不好了，二是老母鸡也难找了。过去的老母鸡，两三个小时都熬不烂，现在你把鸡切成块，一焯水二三十分钟就熟了——都是饲料鸡呀。想要真材实料的老母鸡也不是不行，你得去村里收。平日里自家吃，收个一只两只还行，饭店整天这么用，去哪里收那么多鸡呀？得多少人下去收呀？成本得多高呀？不现实。

食材不中，厨师水平再高也得往下落点儿。不过话说回来，纵使食材一般，要是厨师手艺好，也不至于把菜做得太差劲。如今为啥那么多人做的菜放不到正经桌面上？因为手艺不中。手艺不中可是最要命，能把上等食材做成中等，中等食材做成垃圾。

我学吊汤，就是在“又一村”。“又一村”的规矩，学徒先是几年分档，再是几年打荷，然后才能上灶吊汤和炒菜。我只在“又一村”挨过一回打，也是因为吊汤。那时候我已经学会吊汤了，被师傅们也夸过，想着自己快熬出来了，就有些马虎起来，觉得这也没什么大不了的。有天夜里，饭店不远处有一门大户人家给老太太祝寿，请了戏班子在门口吹唱。我是个戏迷，一边在厨房里忙活，一边听着外头的热闹，心里跟猫抓一样。我把水添满，烧开，把熬料放进去，看锅里的汤大开了，从炉膛里撤了几根劈柴，把火改小，锅盖半开，就偷偷溜了出去。这一看不打紧，就把汤忘得一干二净。是值班的赵师傅揪着我的耳朵把我从人群中拽回去的。那汤熬的，不能看啊。赵师傅一巴掌就呼到我的脸上，说：“不下功夫，汤就不能熬到劲儿。非得叫你长长记性，叫你知道啥叫规矩！”那一晚我可没睡，从头去熬。整熬了一夜，熬了四大盆毛汤，两大盆清汤，一大盆奶汤。

金 以那时候的条件，用劈柴就是最合适吧？小时候，我读故事读到“煮豆燃豆萁”，问爷爷：“为啥煮豆要燃豆萁？”爷爷说，这太合物性了。他试过，煮豆就得用豆萁最好，煮出来的豆子最香。就像熬玉米粥，最适合的燃料就是玉米芯。

周 那是。啥物性配啥火候，这也是个要紧功夫。听“又一村”的师傅们说过，多少年前的老祖宗就知道把火分五种：文火，小火，中火，大火，武火或者旺火。多聪明，多能。

金 《吕氏春秋·本味篇》中说：“五味三材，九沸九变，火为之纪。时疾时徐，灭腥去臊除膻，必以其胜，无失其理。”袁枚在《随园食单》里说：“熟物之法，最重火候。有须武火者，煎炒是也，火弱则物疲矣。有须文火者，煨煮是也，火猛则物枯矣。有先用武火而后用文火者，收汤之物是也，性急则皮焦而里不熟矣。有愈煮愈嫩者，腰子、鸡蛋之类是也。有略煮即不嫩者，鲜鱼、蚶蛤之类是也。肉起迟则红色变黑，鱼起迟则活肉变死。屡开锅盖，则多沫而少香。火熄再烧，则走油而味失。”

周 你小子甭给我掉书袋了。反正就是一个意思，火可关键，可重要，所以咱们厨师用火不能叫使火、用火，而叫驭火。我好说火硬、火瓤，这其实说的则是燃料，比如煤炭、汽油、电、天然气，这些燃料出来的火就是硬火。

金 宋朝饮食业发展迅速，还有一个火的原因。宋朝时，煤炭成了主要燃料，这对于饮食发展也是革命性的。煤燃烧的火很硬，可以瞬间导热，能让你爆炒。

周 嗯，柴火、木炭、麦秸秆、玉米芯，这些燃料出来的火就是瓤火。若做温炖熬的东西，火呢越瓤就越好……火候要紧，打荷也可要紧，能学不少东西。我跟你说，厨房里的杂活儿，什么都得学会干，也什么都得干得好。咱这一行就是个勤行——勤快行当，不能手懒。即便你立志要当个最了不得的厨师，你也得有好手给你打荷，你要是不懂打荷，他可怎么服你呢，你可怎么调理人家呢？

你小子这是刚开始，就好好学吧，好儿多着呢，且学着呢。老老实实学。

金 我爷爷有一句口头禅：“想做个好厨师没有什么诀窍，就是四个字——老老实实。”他说这四个字是所有手艺人的根本。老老实实练基本功，老老实实找好食材，老老实实做菜。汤该炖到什么时候一定要炖到什么时候；该用四川汉源的花椒就一定要用那里的花椒；蒜该捣的时候一定不能拍，葱该切丝的时候一定不能用段；面要醒三个时辰，一定不能两个半；得烧地锅的时候一定不能用天然气和电磁炉……说句趸话，所有的程序都得老老实实，有了这四个字，厨师就有了立世的根本。哪怕你做不了太好呢，最起码也不会太差。

爷爷还常说，一天不老实，自己知道；两天不老实，同行知道；三天不老实，外行知道。这是说唱戏练武的功夫，厨房的道理也是一样。这块面，你少揉一下或许没什么，少揉两下就肯定不一样。那肉在锅里多焖一秒钟没事，多焖十秒钟肯定就不行。举个简单的例子，就是一碗炝锅面，老实做肯定就比不老实做要好吃。炝锅面要用高汤，同样是高汤，老实的做法是另开一灶，让高汤一直滚开着，煮面的时候，加进去的就得是这热高汤。绝对不能是凉的。道理嘛，一是热汤本身就香，“一烫顶三鲜”嘛。还有一个，你想，底料都炝好了，你一勺子凉汤加进去，就像一个人正在满头大汗地跑步健身，你突然硬拽着他去冲了个凉水澡，他能不感冒？饭菜和人一样。这样做出来的饭菜就是有病，怎么会好吃呢？

当然，厨行的事很难形容，鱼要鲜嫩到什么程度？饼要筋道到什么程度？没有公式或者标准，所以想打马虎眼的话，尽可以去打。食客们也不一定能吃得出来，甚至可以说，绝大多数食客都尝不出来。但是，但是——爷爷说，水往低处流，人要往高处走。手艺人的高处不是升官发财，手艺人的高处就是精益求精。你有了往上的心劲，也做了往上的努力，你的手艺就会一天比一天好，一年比一年好，久而久之，你自然就成了高人。你以为高手是怎么来的？就是这么老老实实慢慢儿磨出来的。我说其实也就是两个字呗，老实。爷爷说，就得是四个字。我说为啥要重复一下，老老实实，意思不还是老实吗？爷爷说，因为这世上聪明人太多，聪明人太容易不老实。所以得老实里再夯上一层老实。

周 所以咱们这一行，手艺之外的东西，不能太想着进步。越想进步，就越容易退步，尤其是德行退步得快。有人跟我理论过，说有的人德行很差，却也不影响他做菜的手艺很好。就像武术一样，有的人心思很坏，武功却很高。所以说看起来品行高低和专业水平没啥关系。我说，这说法不对。这二者不仅有关系，关系还大着呢。正因为是大关系，所以不是一时半会儿能看出来的，沉住气往后看，越往后看越能看出分晓。就打个比方吧。你如果品德坏手艺好，你就容易用好手艺做坏事，比如把坏的东西做得让人吃不出来，把臭东西做香，把腐烂的东西做成新鲜的样儿给人吃。——到夏天，你看看街边大排档上的那些菜色，你看看那肉的红，那么妖艳粗鲁，肯定是用了色素。其实稍微用心一下，食材本身的颜色就够用了。红萝卜西红柿红椒这都是红，苦瓜莴笋菠菜这都是绿，莲藕山药土豆这都是白，紫菜香菇黑木耳这都是黑，哪样不好？天然好看又健康。即使卤肉什么的需要调色，也应该用糖啊酱油啊这些东西来调。你知道吗？藏红花汁儿调出来的金黄色，那可是漂亮极了。想要让牛肉颜色又好口感又嫩，木瓜浆的功效比嫩肉粉强几倍。

可是你心性坏了，就会为了利益，你就能做得出来下作的事——你整个人，整个心性是往下走的，这就注定了你即使悟性不错，即使手艺到了那么一个阶段，也很难进一步提升。因为你的选择很容易趋向于不好的东西，这会妨碍你往更高的地方走。所以啊，第一要紧的就是练基本功。都说咱们厨师就是“金手银胳膊”，所谓的“金手银胳膊”，就是手艺。手艺是啥？就是技术，就是基本功。现在的很多厨师都走偏了，不钻研技术，就知道搞公关，搞策划，要打造这个，打造那个……不是金手银胳膊了，成了金嗓银喉咙。有的还一门心思想当官——我眼看着你爸爸走的就是那条路。人和人的心性不一样，活法也不一样。有的人一当官，不但觉得丢了专业不可惜，甚至恨不得越丢越远。他觉得自己的专业说起来可丢人，就想洗干净，恨不得人家都不知道……不过有意思的是，他们退休后又回头去吃技术饭，纷纷去当什么技术顾问啦。

你打过太极拳没有？基本功就是打太极拳的时候你扎的那个下盘，下盘扎得稳稳的你才能固根行气，上盘的花活儿也才耍得开。可是这个行当的孩子们现在谁还认这个？懒，省事，光想巧宗。

金 我认啊。

周 我知道。你要是不认就不来找我了。你就说锅烧肘子吧，会的人是越来越少了。为啥？锅烧太麻烦。现在都是扣肘子和扒肘子——我跟你说，现在街上卖的都不叫肘子，都叫蹄髈。骨头都不剔就叫肘子，还真是好意思——锅烧肘子是什么？一定得是前肘，剔好骨，先把猪皮烧一烧，毛根儿刮净……一点儿小路都不能走，做出来的菜才是那个味儿。还有黄河鲤鱼焙面的焙面，焙面以前都是用手擀的，擀得薄薄的，然后再切丝，炸得酥脆。那面成以后，晶莹透亮，细可穿针，点火就着，入口即化。现在没有人擀了，都是直接拉。拉比擀容易呀。可拉和擀，能一样吗？再说狮子头。狮子头看着好做，要做好可不简单。先把肥四瘦六的五花肉切成石榴籽大小，形状均匀，不粘不连，再加入南荠丁和蟹黄，加鸡蛋、粉芡、盐和胡椒等调味，然后用筷子摔打成剂，再烧开高汤生氽。这样一道狮子头，没有两个钟头做不下来。这样做出来的狮子头也才醇厚不腻，酥嫩入口。有个老主顾，喜欢你爷做的狮子头，得了重病，临死前两天医生说他想吃啥就吃啥，他就让人捎话给你爷，说想让你爷再给他摔个狮子头吃。你爷就给他摔了个狮子头。他这走得就圆满了。

要说咱们这个行当，可算是上不着天，下不着地的。怎么讲？你想做好事，一碗粥就救人命。你想做坏事，你也能给人下毒，把坏事做绝。最低标准，你把饭做熟就行。如果你想求高，你不想只做饭，你还想把饭做成美食，那你得一辈子努力。学识上，技艺上，你就去下功夫吧。艺无止境嘛。你想做得大，就开成麦当劳连锁的那样，甚至一道招牌菜，比如卖个乡村鸡，你一年都能卖上亿。你要想做得小，那就只做一家，慢慢琢磨，慢慢研究。你要做得短，今天开门明天关，也是常事。你想做得长，那也由着你。只要你功夫到了，坚持下来了，这条路，你想走多远就能走多远，想走多长就能走多长。东来顺，狗不理，都够长的吧。就说“又一村”，日本人来了，把饭馆炸塌了，灶房只剩下半个了。要摘牌子关门，老客户们不让，说得留着。日本人走了，它就又开。后来国民党来了，也开，共产党来了，还得开。到了现在，虽然菜不中了，靠着这个名头，还能一年一年地养人。

想想真有意思。饭菜这东西，只要你做得好，就什么人都爱吃。不论什么朝代，不论谁当皇帝谁当领导，大米还是这么蒸才好吃，面条也还得这么擀才好吃。因为舌头牙齿它撒不了谎，骗不了人。所以我跟你说，技术饭是最禁得住吃的，是能吃一辈子的，是吃一辈子也不会倒胃口的，是越吃越香的。

当然，话说回来，不论到啥时候，不论自己手艺再好，也要知道山外有山。

金 小时候，我常跟爷爷去吃别人的菜。爷爷说，民间从来就有很多高手，虽然没有进入这个圈子，但手艺也很让人称道。

他们擅长的一般都是单品。沁阳有一家店，专门做生氽丸子，我跟爷爷去吃过。他家就专门做这个。他家的丸子就是独一份儿，真是学不来。博爱有一家炸枣糕的，是发糕，就两口子，一辈子就卖这个东西。油温啊，面的柔软度啊，他们就是把握得最绝。来郑州后，有一次我跟金局吵架闹逃学，就逃到了博爱，说自己是孤儿，求人家收我当学徒，人家信了，把我留下来，手把手地教我。这些民间高手，不懂什么理论，就只会手把手地教。我在那里待了七八天，七八天里就整天看了做，做了看，可事情就蹊跷在这里，看着简单，做着也简单，配料也不稀奇，可你就是做不出来人家的味道。在店里，人家手把手教的时候还差得不太远，离了那个店，我回郑州后自己又做了两回，跟人家的味道相比，简直是连拾鞋也不配。

太行县城西关镇还有一家店，专门做白菜烩羊肉。他就是做这个菜做得好。我爷爷跟他开玩笑，说你教教我吧。他吓得不行，对我爷爷说："您老就是给我十万块钱，我也不能教您啊。您老太厉害了，教会了您，那我可没法子吃饭啦。"

周　你爷，我最铁的老哥们儿，他不仅是手艺好，品行也让人敬重，就退休这一件事就能看得出来。虽说那时候他的味觉和嗅觉退化了，可是凭他的资历，想要在这位置上多待几年，谁也不能说个不字。他不。他坚决要退下来。他说该让年轻人上，说要留余地给后人。他说只要他占着那个位置，一来是徒弟们老想着指靠他，总有个惰性。二来是徒弟们也受拘束，想要做个什么创新都得看他的脸色，他皱皱眉他们就得反复掂量。还有一点，有什么好事徒弟们也得礼让他。当烹饪大赛的评委了，高层领导要接见了，形形色色的荣誉表彰了，都不好越过他的层面去。电视台来采访，需要表演性地做菜，唱主角的肯定是他，采买原料和案头准备就都是弟子们。到时候镜头对着的是他，观众都以为是他在做菜，殊不知他把菜放进锅里之前，别人已经给他做了九成五……他说他已经沾了不少光了，不能再沾光了。弟子们仁义，他也不能亏心。该退出去就得退出去，不然自己老脸无光，也招人怨恨。

金 小时候，我真没少跟着爷爷去县城的饭店玩，一到饭店，老板们就一定会请爷爷去后厨指导。后厨的那些师傅们，一看见爷爷就会紧张。爷爷到哪一张操作台前，哪张操作台的气氛就紧张。到谁跟前，谁的表情就会紧张。这是我后来才明白的，当时我只是觉得大家怎么看见我爷爷都会绷个脸，怪怪的。可能是为了缓解这种紧张，大家伙儿就都拼命逗我玩，逗我耍活宝，爷爷才会显出一点儿笑模样。他们对我的这种好，和郑州那些围着爸爸的人对我的好，真是一点儿都不一样。师傅们就是因为敬重爷爷而喜欢我，虽然给我的礼物不过是一点儿自己做的吃食，但好得真心实意。那些人是因为要利用爸爸才对我好，虽然是花钱痛快，但我知道那些就是假情假意。他们很遭罪，我也很遭罪。

爷爷从不疾言厉色。他是不怒自威。威从何来？当然是他的手艺，他的态度，他的水准。从选料到下厨，他的每一个环节都无可挑剔，让人敬服。还有他的做人。他是一般厨师的时候，忠于职守。他当厨师长的时候，自律公道。他就是标尺——他自己绝不认同这个，但大家都知道。他去世后，每当碰到业内同行，他们都会这么对我说："你爷就是标尺，最标准的标尺。"爷爷去世后，有一次，我去一个饭店吃饭，到后厨找爷爷的熟人说话，在卫生间里听见两个厨师在说爷爷的事，他们都没怎么和爷爷打过交道，可都异口同声地念叨着爷爷的好。我蹲在隔板间里，眼泪就那么下来了。

周 你爷走了，我还在。一样的。你说清化姜、章丘葱、金乡蒜、南阳牛肉、甘肃土豆、金华火腿、中卫枸杞、西藏松茸、新疆大枣、云南牛肝菌、山西小米、黑龙江大米……千里远，万里遥，它们咋就能碰面，碰到同一个厨房、同一张砧板、同一口炒锅、同一只瓷盘？人跟人的缘分不就是这样？跟菜一样。咱们爷俩注定就是一盘里的菜。我这辈子收的最后一个徒弟，也就是你了。

今儿就到这儿吧。我动手是不中了，上课也就是说说话，说的还都是些老话，家常话，都没啥。不是老提什么传统吗，我说的就都是些传统。将来要啥花活儿那是你自己的事儿，我能跟你说的，就是这点儿传统。——你这孩子，给我磕啥头呀？别拜我，来来来，拜伊尹吧。这是厨圣，咱厨行的神仙。他还是药神哩。中医熬药是他发明的。我不管别人信不信他——也管不了别人的事——反正我信他。你投到我这儿来了，你也得信。你爷要在，也得让你信。

好了，起来吧。今儿就到这儿吧，就到这儿。我这把老骨头，一年半载地散不了，咱们还能说好些回话儿呢。

头条故事

一

空气质量是优。万里无云的蓝天，就是为这个优颁发的巨大证书。入冬以来，这样的天，掰着手指头都能数得出个一二三四。对这难得的好天色，人们也很是知道领情，出门散步的人比平时多了好几成，且没有一个戴口罩，人人似乎都是一副且行且珍惜的模样，走得面庞红润，喜笑颜开。

半下午苏紫就翘了班，混在街上的行人里，不疾不徐地走了很久。先是去超市买了一点苹果和酸奶，路过商城遗址公园，又进去溜达了一圈，从公园出来，站了片刻，瞧见马路对面的文庙敞开着大门，大成殿的琉璃瓦在蓝天映照下如锦缎一般绚丽，心中不由一动。除了前年女儿中考，她特来了一次为小棉袄祈福，这一晃已经隔两年多没进了。文庙离家不过几步路，却整日里庸庸碌碌地不知道忙些什么。还真是用人朝前用不着人朝后的势利眼呢，自己都替自己不好意思。

便掸了掸衣裳，进去，上了一把吉祥香。把刚买的苹果用湿纸巾挨个儿擦了擦，上了个果品供。然后，规规矩矩地拜了拜孔子。大殿里没有什么人，拜完了，她干脆在蒲团上坐了一会儿。仰视着孔子的塑像，忽然觉得有些惶惑。她一直很喜欢孔子，觉得他既坚定又柔软，既正经又调皮，既倔强又通达，既睿智又单纯，既慈祥又天真……是一个似乎可以用“既”“又”无休无止地形容下去的可爱的老头儿。可这个塑像，说到底，跟《论语》里那个血肉丰满的孔子有什么关系呢？孔子在世的时候，会想到有一天自己会被后人供奉成这个样子吗？

“妈妈，孔子的庙为什么又叫文庙？”进来了一对母女，小女孩问。

“因为孔子有文化嘛。”妈妈说。

“唐朝有个皇帝叫唐玄宗，他曾经封孔子为文宣王。老百姓也把孔子尊称为文圣人，所以孔庙也叫文庙。”苏紫说，摸了摸小女孩子的脑袋。

出了文庙，继续去往家的方向。却还是想再延宕一会儿，便东瞧西看，迤逦而行。零食铺子，蛋糕房，茶叶店……苏紫都会驻足流连，像个无所事事的人一样。——当然不是真的无所事事。她一直没让手机闲着，找个好点儿的角度就拍上两张照片。不管水平如何，这些个照片总归是自己亲手拍的，不涉及版权问题。再配上几句闲话，兴许就能图文并茂地用到自己的“今日头条”号上。

前面有个精瘦的年轻男人正在刷树干，穿着深蓝色的工装，背上印着一家物业公司的logo，身边搁着一个白灰桶。这种场景每年冬天都会重现，她却从没有特别留意过。于是上前。

“师傅，您这是在做什么呢？”

“刷白。”男人说。头也没抬。

“刷白的作用是什么呢？”

“杀菌，防冻。”

“哦。”

男人显然懒得搭理自己，不过这也没关系。既是冒昧搭讪，必然就会有人不爱搭理。苏紫一点儿也不觉得扫兴，远出去两步，悄悄拍了两张照片。没走几步，又见到一个粗壮的中年男人也在刷白，刷的对象却是电线杆。杀菌防冻对树干还说得通，对电线杆是什么道理？

“师傅，您为什么要给电线杆刷白呢？”看了一会儿，苏紫方才问道。

男人停下来，看了她一眼。想要回答什么，似乎又无从答起的样子，便继续埋头干活儿。

“刚才看见有师傅给树干刷白，说是杀菌防冻，这电线杆也得杀菌防冻啊？”苏紫也知道自己这么追着问显得很讨人嫌，有着中年妇女的饶舌和唠叨，可既是问了，就索性问下去，大不了还是落个不搭理呗。

“这个呀，为了美观。”一个老太太拎着一袋子青菜走过去的时候，搭话说。

“是为了美观吗？”苏紫朝着男人再问。

“咱也不知道，上头叫刷咱就刷。”男人终于说。

苏紫默默一笑。“上头让刷咱就刷”，这句话说的，耐琢磨。“上头”有意思，“咱”也有意思。于是又悄悄拍了两张照片。今儿的“头条”号，就发这个吧。

二

负责对接苏紫的“今日头条”小编姓岳，昵称悦悦。对于她的入驻邀请，苏紫起初的态度就是礼貌性拒绝。《中原腔调》不过是一本订阅量羞于言说的戏剧杂志，即便是作为主编，开个“头条”号又有多大意义？悦悦却很执着，天天到她微信上打卡献花，耐心游说：“‘头条’从不缺人气，缺的是文化，咱们《中原腔调》这么有文化内涵，您的身份就是当仁不让的文化符号，我们太需要您来送文化啦……”苏紫敷衍了一阵子，苦于应酬，干脆就把悦悦的微信号设置了个免打扰。

“敬爱的小主，开了吧开了吧，您一开就是V，一般人哪有这待遇呀。”编辑部主任豆子说。以她为首的几个小编辑不是“80后”就是“90后”，也你一言我一语地撺掇着：“您要是不想打理，我们来帮您打理，就是把咱们杂志每期的目录和内容提要放一放也是好的嘛。”平日里他们都称苏紫为“小主”，原因嘛，《中原腔调》太小众了。

架不住他们鼓动，苏紫终于妥协，答应了开。

“小主圣明！”

在这种事情上，她很在意这些小年轻们的意见。不能不在意。杂志再小众，总也是对外的，多少总要吸纳一些当下的新鲜信息，而身边这些小年轻就是最便捷的信息来源。别的不说，单是一两日不好好和这些小编辑们聊天，再听他们说话，她就会觉得有些磕绊。既不明白“人艰不拆”“喜大普奔”“细思恐极”之类的老词有什么新用，也不好懂“撩”“套路”“洪荒之力”

之类的新词是如何诞生，更不清楚“小目标”“友谊的小船”之类的段子笑点在哪里。这些半生不熟的词就像一堵堵或厚或薄的墙，会把她和他们高高低低地隔开，想要迈过去总是会显而易见地费力。每次逢她发问，小编们都是默契对视，乐不可支。

“小主，您可真萌。一听您问这些，小的们就像看见了碳酸饮料。”豆子说。

“这是什么梗?”

“开心得冒泡呀。”

在苏紫的意识里，“今日头条”这种自媒体号就是一块地——她承认，自己的本质，就是一个农民，无论是杂志还是家务还是这种自媒体号，地，没有便罢，一旦有了，她都会尽自己的最大能力地去耕种，不管种点儿什么，都绝不容许让地撂荒。既如此，肯定累。这也是她起初推拒悦悦的缘由之一。

第一条内容例行是问候诸位网友。网友这种存在，明知道每个账号后面都是一个活生生的人，可真要在网上去面对时，还是觉得空茫茫的。拟好了稿子，她先给悦悦审，悦悦说：“好的呀，只要是原创的就 OK 呀。”苏紫问：“对内容没有什么具体要求吗?”悦悦说：“请您自主就好呀。只要和文化相关，符合公序良俗，不侵犯任何第三方的合法权益就 OK 呀。”又体贴道：“其实您不用那么紧张，读书、旅游、电影电视的观感，这些都行的，您怎么发都有文化含量的，哈哈。”

一听见这甜甜蜜蜜的官话，苏紫便知道了，这悦悦明着是在宽自己的心，实则是在暗示自己文责自负。不是吗？给你的边界越是辽阔你就越需要小心脚下。从高处说，是自由，也是权力；

从低处说，是人家越不管你，你就越该严管自己。

第一条的阅读量不到一千，是意料之中的可怜。第二条好了一些。苏紫发的是桂花，那几天桂花正开。她在网上找了一张图，配了一段有点儿文艺腔的话：

> 桂花是用鼻子看见的花，这酒一样馥郁的浓厚的黏稠的香味，慢慢悠悠，从从容容，筋筋道道。曾听过一个词，叫“桂花引”，有人说该是“桂花饮”，我觉得如此这花香如此勾人，当然是“引”。

半天时间，阅读量破了万。有人评论道：“图不错。”

整天和版权打交道，苏紫蓦然一激灵：这图不会有什么问题吧？连忙问悦悦，悦悦说：“这图如果不是您原创，那就不太好说得清楚。按要求您得保证对图片享有合法使用权。不过只要没人说，那就没问题。要是不放心，您可以注明一下，‘图片来自网络’。”

苏紫赶紧在评论里注明了一下。

隔三岔五的，悦悦就会发给她一些话题，邀请她参与。话题各式各样，摩肩接踵：中秋、国庆、重阳，二十四节气，改革开放四十年，明星结婚，名人去世，考研……“会有流量福利”，每次，悦悦都会这么提醒。什么是流量福利呢？悦悦说，“头条”推送的机制是：平台识别了内容后，觉得不错，就会推给比如一百个人先看看；假如有五十个人看完了，平台就会觉得，真不错，再推给一千个人看看；然后再计算打开人数，假如又有四五百人打开了，平台就会再给一万人看看……就这样一直螺旋扩大，直到过了时效性，或者传播疲软了方罢。所谓的福利，就是平台会让机器把她发的内容在首页上多推送几次，在首页上停留的时间也要长一些，努力让更多人看到，这样她的粉丝就有可能增加得比较快，阅读量就有可能会高起来，在不远的将来，就有可能会有广告收益……

如此陌生、遥远且间接的福利，不要也罢。这么想着，苏紫便对话题一直很消极。迄今为止，她参与过的唯一一次话题就是“我爱家乡戏”，也还是因为多少和工作有关。《中原腔调》如今的话题面儿虽然比原来有所拓宽，可戏剧毕竟还是原始根本。她发的内容是自己收藏的油印戏本：

> 十几年前，在一个县城的小店，我买下了这些成摞的油印戏本。这个刻写人，至今是个神秘的名字。我推测他多半很平凡，只是无数戏迷中的一个，像我一样。
>
> 在郑州街头巷尾——当然也不止郑州，不经意地，就能看见这样的民间剧团在活动。演者动情，观者专注。
>
> 这是最小的舞台，方寸就已够用。
>
> 也是最大的舞台，随处皆可唱响。

配了六张图，一张是她拍的路边小剧团演出场景，一张是最新一期的《中原腔调》封面，还有四张是她早年存的油墨戏本封面。上午发布，她下午去看，阅读量居然已经过了10万，粉丝也增加了两百。最让她惊讶外的是那一百多条评论，有人问她哪里能买到这些本子，有人问她可不可以转卖，有人告诉她刻写者的身份，和自己有什么转弯抹角的关系，有人则说油印这种方式属于侵权……苏紫感慨不已。她忽然觉得，自己这块小小的地，其实更像是一个开放式公园，无门无墙，无障无碍，任凭是谁，想进就进，想出就出，想说就说，且全可潜隐。唯有她，宛若站在公园中心的小广场上任人观瞧。既是众目睽睽之下，就得小心翼翼，不能出乖露丑。

对网友的厉害，她从此心悦诚服。自此，她决定一周发两次，内容也更上心了些。耗时费神是必须的，不过能长见识，也有意外收获，为了这些见识和收获，耗时费神也值得。她也开始对阅读量和粉丝数在意起来，慢慢发现，却原来，这两样的增多确实也是会让人上瘾的，会让人有些甜丝丝的成就感——这也让她有了警惕。她告诫自己要有意疏离，不要让自己被话题蛊惑着去发一些什么内容。“我的内容我做主，哪怕只有一个人读呢。”她这么反复提醒自己。等到再一次出现超10万的阅读量且那条内容没有得力于平台的任何话题流量福利时，她更确信了自己应该坚守这个原则。

那天，郑州下了初雪，她发的就是雪：

> 今天下午的郑州，飘了一会儿大大的雪花。看到雪花，就想起一些以雪花命名的事物：雪花膏，有一种化妆品的名字就是这么叫的吧，很有年代感的。这个名字一出口，仿佛就闻到了那种香味儿。还有一种冷饮，叫雪花酪。还有一种甜点，叫雪花饼。对了，还有一种衣料，叫雪花呢……还有

雪花啥呢？

最后一句提问，自然是有意投饵，勾引网友讨论。网友们果然没有辜负她的用心，热火朝天地议了起来。什么雪花酥、雪花粉、雪花肥牛、雪花啤酒……抢答接龙似的，几分钟之内就都有了。看到有人说到雪花银，苏紫忍不住上线回复：“嗯，这个东西最强悍。”还有人说，应该把“雪花呢”的“呢”注上“泥”的拼音，不然很多年轻人都读不准这个字。苏紫也回复：“您说得甚是。”还有网友提到了雪花汤，苏紫回复说：“这个是第一次听说。”那网友便细解：“就是用鸡蛋清打碎做的汤，撒上白糖。”另有一网友说了雪花酒，苏紫简直怀疑这是他杜撰的，再问，对方说是来自热播的古装剧《知否知否应是绿肥红瘦》，剧中华兰和明兰两姊妹在一场戏中喝的就是这种酒，应该是宋朝就有了的。

那个下午，苏紫一会儿刷一次手机，每次看，阅读量都是噌噌地涨着。她这才发现：阅读量在万以下的时候是精确到个位数的，一旦过了万，就是精确到千。等过了10万，就只精确到万了。怎么说呢，就好像在说存款，穷人得抠着一块一块地报数，中产阶级就可以抹去零头，富豪人家就必须要留更大的整数，那才能叫体面。

三

这么好的阳光，随便坐在哪里静静地晒着，都是一种享受。苏紫仰靠在街边的长木椅上，选好了两张图，又网搜了给树刷白的一些资料确认了一下基本常识，便拟出了稿子：

> 看到图一师傅正在路边给树刷白，跟他聊，他说刷石灰水可以杀菌防冻。嗯，这个我是知道的。又见图二师傅在给电线杆刷白，难道电线杆也需要杀菌防冻？请教他，他沉默。我不耻下问，他终于答："上头说了，路边跟树干长得差不多的，都得刷。"仔细一看，果然。

照片发的都是背影，避免涉及肖像权。也把刷电线杆师傅的话小改了一下，想要多点儿幽默感。至于"不耻下问"……打出这个词时，苏紫有些犹豫。这个词，是今天中午所得。中午的工作餐里，有一道是红烧猪蹄，做得鲜香微辣，苏紫一向对猪蹄没兴致的，却不知怎么开了胃口，啃了一整只。

"大猪蹄子，真香！"苏紫感叹。

小编们立时爆笑。

"小主，这一句话里有两个新典，您知道不？"豆子问。

苏紫摇头："请赐教。"

他们先说的是"真香定律"，出自某电视台的一档互换角色的生活类真人秀节目。其中有一期，是一名成长环境优渥的城市男孩，初到互换的农村家庭，觉得那里生活环境差得难以忍受，对"家里人"撂下狠话，号称自己"就是饿死，也不会吃你们一点儿东西"。几小时后，饿极了的他无奈地端起饭碗，让人意想不到的是，他居然边吃边感叹说："真香！"节目播出后，"真香"这个词便被网友们摘了出来，指代一个人前一秒信誓旦旦绝不接受某事物，后一秒尝到甜头马上倒戈的态度，很有喜感。

至于“大猪蹄子”，他们解释为“男人”：“各种言情剧或绯闻事件里不是都有男主角吗，主角谐音为猪脚，猪脚不就是大猪蹄子吗？”

“适用于所有男人吗？”

“多适用于渣男。”

“为什么？”

“就像咱们骂不听话的小孩子是‘熊孩子’一样，这是女人对男人又爱又恨又调侃的一种称谓，用来骂渣男当然是最合适啦。”

……

完成，稍改，定稿，发布，回家。到了小区门口，看见右手边那家肉夹饼店，苏紫便又拐了进去，买了一个。回到家，吃了半个肉夹饼，又泡了一壶正山小种，喝了一口，苏紫方才打开手机。在这个过程中，她不时压抑着想看手机的念头。总是嘲笑小编们让手机长在了手上，其实自己看手机的欲念也无时无刻，她常常暗自惭愧，有意克制。

其实，以这一段时日的经验，不看也知道，这个刷白的头条，阅读量不可能多高。前些时，她发过一条齐白石的，自认为写得十分精彩，配图是齐白石的画，美得也是无可挑剔，她想着怎么也得有三五万的阅读量，不料还没有过万。她有些不大甘心，便委婉地问悦悦，这条机器是否没有推送。悦悦回复说，肯定是推送了，不然阅读量不会超过粉丝量。如果阅读量低，那就是内容不受欢迎。对于绝大多数“头条”用户来说，齐白石有点儿冷门。又说，从大数据来看，最受欢迎的“头条”内容就是美食和流量明星，其次就是乡村，什么农家故事啦，美丽乡村啦……因为“头条”用户嘛，下沉比较多，也就是说三四线城市基数大，程度参差不齐。要是不想蹭现成的热点，那就得往各方面都试试看，找找画风。

费劲巴力地去找什么画风？还是老老实实种地吧。

——可是，这是什么情况？苏紫的头嗡了一下。到一个小时，刚刚发的这个刷白，阅读量已经超过 51 万，评论过了 200 条。

她心慌意乱地把评论粗粗看了一遍，大致可以确定，惹祸的，正是那个“不耻下问”。从头条的界面仓皇退出，她略定了定神，便给豆子打了个电话。在豆子到家之前，她都没有敢再看手机。

餐桌上摆着剩下的半个肉夹饼。她呆若木鸡地盯着，盯了许久。忽然想起来，她第一次在“头条”上被喷，发的内容就是肉夹饼。阅读量也超了 10 万。她写的是：

> 说起来，肉夹饼虽然名头叫肉夹饼，可打眼一看就知道，明明是饼里面夹着肉。就字面意思而言，肉夹饼简直是明目张胆地不尊重事实。可有意思的是，汉语就是有这么一种奇怪的魅力。首先，一看到肉夹饼这个词，谁都不会误解，都明白它指的就是饼夹肉。其次，你若真叫成饼夹肉试试，反而会让人觉得黯淡了，平庸了，更重要的是，显得不痛快了。这时候再回过头琢磨肉夹饼——肉字当前，主题就

是这么鲜明，这么响亮，这么夺目，这么具有打动人心的力量。

一分钟后，就有陕西网友的评论来了：

“肉夹馍，西安人叫了几百年，您非得整出个肉夹饼？”

苏紫忙回复：“郑州有这么个叫法，到西安就赶快叫肉夹馍了。”

郑州网友发言：“郑州也叫肉夹馍。”

另一位郑州网友迎上去：“我这个郑州人偏叫肉夹饼犯法了吗？”

然后是一位大学生赐教：“肉夹之于馍——宾语前置表示强调！”

接着，一大波好为人师者前赴后继地诲人不倦，有举例句的，有传授古汉语知识的，有分享关中文化的……眼看着应接不暇，苏紫只好讨饶道：“作为一个语文还可以的人，肉夹馍是‘肉夹之于馍’的简化句式，我还是知道的。正因为觉得知道的人太多，就不想再提，想从一个普通吃货的角度来解析一下……谢谢各位，谢谢！”

四

“小主，阅读量已经80万了，您莫不是从此就成红得发紫的网红了？您闺名又是紫，这可真是实至名归啦。”一进门，豆子就吊着嗓子阴阳怪气地戏谑，她明亮的笑容让苏紫紧绷的神经有效地松弛了一些，一瞬间却也有了下垮之势。她忙振了振精神，也以少有的夸张热情拉着豆子在沙发上坐下，肉麻撒娇道："别贫了，赶快支招救命吧，我要死啦。"

没事儿。豆子洒脱地甩甩头发："有一句鸡汤很好用——所有杀不死你的，都会让你更强大。小主，您一定会更强大的。"

站着说话腰不疼！

一打开手机，豆子顿时正色起来，说她刚才在出租车上已经把评论全看了一遍，理了个大概，网友的注意力主要是在三个点上，第一点就是"不耻下问"，第二点是"上头"，第三点才是刷白的作用……

苏紫微斜着身子，贴偎着豆子小小的肩膀，似乎这是世界上最坚实的依靠。刚才那些评论，她没敢细看。此时，挨着这小肩膀，她方才有勇气逐条过目。

豆子分析说："这些评论看似泱泱，其实全都可以简化为了一个字——怼。若要强行划分，可分为轻怼、中怼和重怼这几个层级。"

"恕我没文化，你这个'不耻下问'用得不对吧？"

"我不耻下问一下，现在主编门槛这么低了？"

"我不耻下问请教下，你是怎么当上主编的？"

"这个不耻下问用得好，表达了主编高高在上、看不起劳动人民的心态。"

"苏主编，你是有多高级？"

"苏大主编，请出来走两步呗。"

……

苏紫终于理解了什么叫眼睛里有针，有刺，有木梁。

说“上头”的也不少，连带着说到刷白：

“年底了，单位的经费没花完。这么花着快。”

“无论刷树干还是刷电线杆，都是按照根来收费的。”

“会花钱，才能捞。”

“不刷电线杆怎么会有回扣？这是为了拉动‘第三产业’！”

“唉，猪一般的领导。广告牌要搞成统一风格的，美丽乡村要搞成统一风格的，什么都要搞成统一风格的……”

“我农村老家那里也是，所谓的美丽乡村，就是把所有路边的房子和墙都刷成白色，树也要栽成一个品种。下来检查的领导只走大路，他们沿着路开车而过，会点头说，嗯，这新农村建得真漂亮呀，他们哪里会知道，这只是一个表皮儿？里面该怎么样还是怎么样！”

“电线杆刷石灰就是为了好看。每个国家的市容管理都有非实用性规定，比如欧美国家规定，私人草坪必须得按时修剪，不然就会收到高额罚单。”

“刷电线杆好看？这是什么审美？！”

“肯定不是为了好看，不然为什么其他季节不刷？”

“刷白是为了让领导看着喜庆！”

“领导怕虫子没树吃，会去啃电线杆！”

“领导有强迫症！”

“给电线杆刷白可以防触电，领导的用意是让你晕的时候扶电线杆更安全，哈哈哈！”

“你们真啰唆。给树刷白，是为了防虫。给树以外的东西刷白，是为了美容。鉴定完毕！”

“我来强调一下，这刷的不是石灰水，是涂料！只是涂料！过去的人刷石灰水，现在刷的都是涂料，为了省事，反正看着都差不多！”

“我觉得刷电线杆子是很可以理解的。领导检查都不下车的，在车上一眼瞄过去，看到有几根没刷，追责下来，你是去质疑领导眼神不好呢，是去科普解释呢，还是干脆刷白了事？！”

……

他们真喜欢用问号和感叹号啊。

豆子说：“咱们一定要分清主次。这三个点里，最核心的自然就是‘不耻下问’，冲着这个靶心的箭射得最为密集，需要赶快把这个点消化掉。”

至于消化之术，豆子说：“常用的做法是雇佣传说中的‘水军’，可是像咱们这种，一般也用不着‘水军’，用完了还留下另一种把柄，犯不着的。最简便的是找信得过的熟人号来引导一下。”

苏紫问：“咱们杂志社谁有‘头条’号？”

豆子刚想清点一番，寻思了一下，又说：“几个小编‘头条’号的身份认证都是《中原腔调》的编辑，以往发的内容也跟《中原腔调》有关，一看就是自己人，现改恐怕也不妥当。如果被网友查出来，一定会被诟病，那也是另一番麻烦。”

左不中右不行的，两人这边商议着，那边的阅读量已经过了90万，评论刷过了400。苏紫眼看着数字像洪水一样不可遏制地往上涨着，与此同时，窗外的阳光一寸寸地灰暗了下去。

“还是先表个态吧，”豆子说，“反正咱们有错，就先认错。

若是一直不认错，这个情绪就会像是地震形成的堰塞湖，越积越险，因此还是疏泄为要。”

怎么认错，自然也有讲究。“肯定不能认领说看不起劳动人民，只能说是误解。比误解更高级一点的是带点儿幽默感的‘歪解’。”那就歪解吧，尽量用萌萌的语气：

> 抱歉，我用错了成语，还自认为有点儿幽默感呢。自认为幽默的地方在于把不耻下问歪解成了“不觉得羞耻一直往下追问”，见笑了各位。

发出去了一会儿，如石沉大海，似乎没有一个人看得到。评论区里，依然是层出不穷的怼：

“佩服师傅，这么耐心回答多管闲事又没境界的人。”

“你比师傅尊贵？卑劣的等级思想。”

……

真是让人憋闷。和豆子简单商议了一下，苏紫便又发了一条：

> “请教”一词不知道是否有人看到，在下的本意确实是礼敬的。谢谢大家批评指正。

这条也毫无反应，似乎还是没人看到。

“小主，你懂的，网络舆论的特点之一，就是大家根本不了解也不想去了解事情的全部，他们只看自己想看的，只说自己想说的。如此而已。”豆子说，“以目前的态势而言，最适宜的就是等，等高潮变低，等强音变弱，等热度变冷。”

苏紫沉默。是的，实在没有什么办法的时候，时间就是最后的办法。毕竟，一切都会过去的。

“对了，头条平台有没有办法?”豆子突然问。苏紫拍了拍脑袋，懊怨着自己的智商，连忙给悦悦发了微信，似乎永远在线的悦悦很快回复：“哈哈，网友们确实有些杠了。没事儿的，您忽略就好。”

这丫头，也是站着说话腰不疼——不，她是站着卖瓜腰不疼。悦悦说过，自己是个专业卖瓜的。

“其实也该恭喜，您的阅读量新高了呢。网络铁律是，越红越会被喷。看来以后您得去适应这个节奏啦。”悦悦又说。

明知悦悦是在巧言相慰，苏紫却也气得呼呼冒火，撂了手机。真是卖瓜的不嫌瓜大，还恭喜呢。突然，她想起自己发的一个头条：

作为一名吃瓜群众，我还蛮喜欢看娱乐圈爆料的，总能集人性丰富之大成。这是在高强度聚光灯下的无剧本演出：当事人双方以及亲友团反应，狗仔队耐心细致的梳理挖掘，深层人脉关系的暴露，各色人等的三观展示……吃瓜群众的热烈评论最是有趣，常常闪烁着真知灼见。瓜有大小美丑，也有酸甜苦辣，总的来说，好瓜惹人爱，赖瓜必有渣。

原来，她一直自认为的吃瓜群众的身份，竟然是一种错觉。

她这个吃瓜群众，居然也可以转换成为一个种瓜人，眼看着这些不知姓名的其他群众吃得津津有味，吐一地渣子，她忧心如焚，却束手无策，真是讽刺。当然，跟流量明星的那些瓜相比，自己贡献的这一枚瓜自然算不得什么。可是产于自己这块薄地，还真是不堪忍受。如此这般折腾了一番，也还是没灭掉。还不知道接下来会狼狈成什么样呢。

“小主，您这是什么好茶？能不能赏一杯呀？”

握着早已经凉透的茶杯，她这才想起来给豆子泡茶。这个故事，不，应该说是这个事故，老公孩子还都不知道，单位里也只有豆子知道——平日里，杂志社的小编们也都顾不上看她发的东西，都忙着呢。这挺好。知道的人越少越好。不知道接下来会怎么样。暂且不管。先喝茶吧，喝茶。

五

一时无话，两个人只是喝茶，豆子提茬说着闲话。这两日娱乐圈最大的瓜是一个当红中年男明星的绯闻，这个“大猪蹄子”为了一劳永逸地除掉死缠烂打的小三，居然和原配同心协力将小三以敲诈之名报了警，小三的父母诉诸网上，网上正炸着锅。豆子说，今天这瓜又出了一条新枝节：有一个律师出来说话了。原来小三曾咨询过这个律师，却不知怎的最终没有请他。自然有吃瓜群众说，连律师费都舍不得花，所以活该掉坑里。说着说着，便说岔开来，有人感叹的是女主的衣裳、包包、耳环、腕表，辨别着是真品还是假货。有人关注的是女主坐的私人飞机，揣测着飞机的价格。有人在说女主看秀时合影的大咖，有人在说女主照片的背景是哪处名胜，同时期是否男主在那儿，还有人在说男主预备上档的新片，正和男主合作的女明星的旧年情事也顺便被重新捞起……

豆子感叹说，吃瓜群众果然是最厉害的呀，无论是瓜藤、瓜蔓，还是瓜花、瓜叶，甚或是在瓜还是小瓜时的一切枝节，总之是瓜的一切，只要是他们想刨的，什么都饶不了。

喝了两巡茶，正山小种的红渐渐淡了，苏紫洗了杯，泡上了七年的老白茶。喝茶这事，根子里和静息息相关。有个说法是，有静气才能喝出茶的好来，苏紫却觉得也能倒过来说——喝好茶是能让人有静气的。正如此刻，老白茶的温香对她很重要。

豆子的话越说越少，终于渐渐沉默了，只是乖乖地陪着苏紫喝，很懂事。一直喝到窗外的阳光终于成了暮色，迫近晚饭时分。

“那，我先走吧？”豆子说。

“好。”

“您一定要沉着。没事儿的。相信我，热度很快就会下降的。网友们才没有那么持久的耐心关注这一件事儿呢，明天保准就好好的了。”在电梯口，豆子拥抱了一会儿苏紫，还亲了她一下，“保持联系。”

“谢谢亲。”

回到家，再去看手机，阅读量已经过了百万。不过，网友们的焦点貌似有了朝各个方向发散而去的迹象，也越来越脑洞大开：

“姚明要是站在一边等车，给他刷不刷白？他也跟电线杆子差不多呀。”

“知否知否？刷电线杆是为了司机师傅晚上能明显地看到它们，起到提示的作用。”

当然也有人忘不了怼苏紫，不过主要是为了晒知识：“主编连树为啥要刷石灰水都不知道吗？唯一目的就是防虫！重要的事情说三遍，防虫，防虫，防虫！”

乱怼之中，有一位农林大学的副教授给出的答案貌似最为明晰和周全：“虫子出土后要往树上爬，会吃叶子、吃嫩枝、休眠等，刷白之后，虫子因为讨厌石灰味道，就不爬树了，也就不容易造成来年虫害。石灰水干燥后也会在树皮表面形成保护膜，能磨损试图爬树的昆虫腹部的角质层，让虫死亡。如果电线杆离树干很近，那确实也是需要刷一下的。虫子爬树是本能，并不知道那是树，只知道爬上高处就有树叶吃，所以理论上虫子会借助一些东西向上爬，例如电线杆。如果只刷树，虫子就会在附近寻找其他可攀爬的高物体，大概率是电线杆，然后就会顺着电线又爬到树上，所以刷电线杆并没有问题。另外，刷的应不是单纯的石灰水，而是掺了硫酸铜。纯石灰的话，虫子是不怕的。”

也有为苏紫说话的：

“哼，你们这些人，都是吃鱼长大的吧？专会挑刺。”

“苏老师，不要太在意评论。如果太在意，是没办法活的。”

“简单的题老师做错了，是应该道歉。不过同学们因此都去骂老师，也是疯了。”

……

尽管接下来就有人怼说“谁认她当老师了？”“错认了这样的

老师，老师该退学费呀”，苏紫也还是从这些友善中感受到了珍稀的温暖。这些人，在生活中应该也是友善的吧？——什么是友善？对熟人友善不是真友善，对生人友善才是真友善。对于生人，确实容易刻薄。互相不认识，干吗还要顾及对方的心情，只要自己爽就可以了。像这样肆无忌惮地怼人，最爽。

手机突然响起，是主管杂志社的“70 后”副厅长。他是班子里最年轻的领导，工作作风相对活跃，经常开会强调说要转变观念、与时俱进，要熟悉新媒体，要延长服务手臂，要丰富信息层面，当然了，还要注意影响，要正能量……苏紫脑子里迸出一团乱光。难道他也看见了？该怎么解释？会不会对厅里辐射出什么恶劣影响？要不要恳请他去找找网信办之类的关系……

一时间，她没敢接，任铃声沉寂。怔了一会儿，又觉出自己的可笑。亏得平日里还常以淡定之风示人呢，骨子里也不过是一只可怜的纸老虎。其实有什么大不了呢，至多是以个人名义写个检查罢了，至多是不配做这个主编罢了，至多是不做这个主编罢了。

于是，又镇定了一番，拨了回去。

“刚才干吗呢不接？”

“在卫生间呢。请指示。”

“明天或者后天厅里会开个会，上面会来人，找几个同志谈话，让谈一下对班子的意见，你心里要有数。”

“好的，知道了。”

苏紫长长地松了一口气。

再看手机，有个网友发来了私信，劝苏紫删号。苏紫回复：

"谢谢。"

删号？就为了这个事儿？她不。她脑子里压根儿就不曾有过这个念头，连一闪都没有过。删号就是认输。当然不删号也未见得就是赢了谁。可苏紫不想删号，就是不想删号。此刻，她莫名地觉得，最沮丧的、最没出息的事情，就是删号。

六

微信提示音此起彼伏。女儿晚饭想吃黄焖鸡米饭，要她点外卖。老公在外面应酬，要晚些回家。豆子说刚到家，又安慰她了一番。正一一回复着，悦悦的信息也进了进来：

"对了，苏老师，我忘了告诉您，每篇'头条'都可以小小修改一下的，您可以试一试哈。是刚上线的新功能，我们都还没习惯呢。"

紧接着，悦悦截了几张图，把使用程序演示了一遍。

一瞬间，苏紫难以置信。

"好的，我试试。"冷静了片刻，她回复。心怦怦直跳。她捂了捂胸口。有谁知道呢？此时，对于这项新功能，她是如获至宝，仿佛这项功能能让自己重生。

找到"编辑"项，重新打开这一条，手持热茶，一字一词地重读。此刻，再看这段话，觉得简直是处处毛病。

"看到图一师傅正在路边给树刷白"——师傅，这个称呼是否足够尊敬？"跟他聊，他说刷石灰水"——对于石灰水的叫法是否应该再查一下资料，像个科学家一样精确？"可以杀菌防冻"——要不要把"防虫"加上？或者把"杀菌"改成"防虫”？毕竟网友们把“防虫”讨论了那么多回合，副教授都说话了。“嗯，这个我是知道的”——我真那么知道吗？要把这句话去掉吗？

终于到了“不耻下问”。呵，这个“不耻下问”，这个罪魁祸首，该改成什么呢？想了想，改成了“我请教请教再请教，锲而不舍地请教，打破砂锅问到底地请教”——用上这么多“请教”，够不够？

改，拿出主编的看家本领去好好地改。她的眼睛如今有些花了，平时懒得戴花镜的，这次特意戴上，改了一遍。改完了又觉得戴着花镜不习惯，镜下的字看着有些失真，于是把花镜摘下，又改了一遍。亏得家里没有打印机，如果有打印机的话，她一定要把这一段用三号字打印下来，在纸上改，那才踏实呢。一边这么想着，她一边压抑着自己往单位去的冲动——太荒唐了。

她把改好的发给了豆子，让她替自己把把关。十分钟后，豆子才回复。像豆子这么伶俐的，平时看这段话也就是几秒钟的事。她可以想象，豆子肯定也是和她一样，神经质地，看了又看。

豆子说很好。不过她还有一个建议，就是把两个师傅工装背面的物业公司 logo 打上马赛克，这样就完美啦。

苏紫回复：“遵命。”

这个建议有道理，很有道理。万一师傅们被物业公司问责了呢？她知道，自己这篇‘头条’很像一个扫帚星，说不定就会因为什么关系牵连到谁，从而给人家带来了晦气。谁知道呢。

改，改，改。最后一稿改完，又放了五分钟，再看一遍，铁定万无一失，苏紫才拇指轻按，再次发布。修改过后，116 万的阅读量旁边显示出了五个小字：“内容已编辑”。

想了想，她又在评论里发了两句：

> 改了改了改了改了改了！
>
> 谢谢谢谢谢谢谢谢谢谢！

——这貌似诚恳的激动的语气，万能的网友们能从中读出一股子恶狠狠吗？她忍不住笑起来。

然后，她瘫倒在沙发上闭目养神，直到女儿回家。

“怎么还没叫外卖?”女儿嘟起了嘴。

“怕凉了不好吃。”苏紫狠狠地亲了女儿一下。

“妈妈你怎么了？疯啦?”

“嗯，爱你爱疯了。”苏紫笑道。

一直到和女儿吃完了晚饭，洗过了碗，她才又去看手机。阅读量是 119 万，评论是 919 条。

阅读量依然在增长，不过节奏到底还是缓慢了下来。她的心完全踏实下来。她知道，这事应该差不多算是过去了。今天晚上，她能睡得着觉了。

老公还没回来。她的眼睛有些酸涩。走到客厅的飘窗前，朝外面看去，远远近近的居民楼里，一格子一格子，盛着明明暗暗的灯光。有一片朦朦胧胧的幽深之处，被彩灯简洁地勾勒出了飞檐翘角。毫无疑问，那里就是文庙。